COLLECTION FOLIO

Rachid O.

L'enfant ébloui

Gallimard

Rachid O. est né en 1970 à Rabat au Maroc.
Il est aussi l'auteur de *Plusieurs vies* (Folio nº 3070) et de *Chocolat chaud*.

Préambule

Pendant ma première année à l'école, on avait une professeur qui aimait chanter. À la fin du cours, elle nous faisait écouter sa voix. Tout ça pour dire qu'elle nous amusait. Une fois, elle a posé la question à toute la classe de ce qu'on voulait devenir, le métier que chaque élève souhaitait faire plus tard, ce dont il rêvait, avec son explication. J'ai regardé mon copain à côté et j'ai vu qu'il avait un rêve et que c'était de devenir médecin. Moi, je me suis dit « Je n'ai rien à dire », je n'avais aucune envie d'un métier comme médecin qui ressemblait à avocat ou professeur comme d'autres aussi avaient l'idée. Tout à coup j'ai pensé que ce que je voulais, je n'osais pas le dire, c'était d'être le héros d'un livre, le personnage principal dans le roman d'un écrivain. Mon rêve était anormal, je trouvais, je n'osais pas le dire aux gens, il n'était pas dans la norme. C'était une obsession. Et je ne savais pas qu'à vingt-trois ans, au milieu de ma vie, en tout cas dans la première partie de ma vie, j'espère, ce rêve serait réalisé, je serais le héros d'un roman écrit par un ami, comme c'est arrivé l'an dernier. Mais je n'ai jamais eu l'obsession de devenir écrivain, encore moins écrivain français. Et c'est fou, et c'est joyeux.

Écrire en arabe, à la limite, c'était possible, c'est ma langue, ce sont les études que je fais et que j'aime. Ce n'est pas que je me sentais incapable d'écrire en français, c'est que c'était impensable pour moi, c'est une chose que je n'ai jamais imaginée. Maintenant que je la parle, que je maîtrise cette langue, que j'ai l'impression que c'est ma langue maternelle et qu'en plus je parle arabe, j'espère que le jour où j'écrirai en arabe ce sera aussi lisible et compréhensible qu'en français.

Je remercie mon ami français qui a mis mes récits par écrit.

FUGUE

C'était un été où j'avais six ans. On a quitté notre maison pour la faire refaire, la peinture, changer tout, on a déménagé dans un quartier plus loin où un ami de mon père lui a prêté sa maison. C'était marrant de changer de maison, assez agréable. On avait un jardin, on n'était pas dépaysés. Il y avait très peu d'enfants, je ne connaissais personne, et les voisins d'en face étaient deux jeunes filles, une qui devait avoir la trentaine et sa petite sœur de quatorze ans qui était hypermignonne, on était devenus tout de suite amis. Leurs parents étaient divorcés, le père algérien était resté en Algérie et la mère travaillait à l'ambassade du Maroc en France. Les grands-parents s'occupaient d'elles mais elles habitaient toutes les deux seules. Elles étaient riches, avaient toujours de l'argent, une bonne qui habitait chez elles en permanence. Dès le lendemain de notre arrivée je ne me séparais pas d'elle, la plus jeune, on était tout le temps ensemble.

Chez elle, il y avait deux eucalyptus énormes auxquels était accrochée une balançoire. Ça faisait en fait une arche, on posait des nattes dessus pour avoir quelque chose de confortable et on jouait là. C'étaient les grandes vacances, on pouvait être ensemble du matin au soir, surtout l'après-midi. Il y avait quelques copines à elle mais c'était avec elle que j'aimais être, les autres je m'en fichais. Elle s'appelait Saloua et tout le monde le soir à la maison se moquait de moi parce qu'ils croyaient que j'étais tombé amoureux d'elle, on me surnommait « Saloua » pour me taquiner, me rappeler que c'était ma petite amie. Elle était très spéciale, une très jolie fille avec des cheveux longs. Souvent, les après-midi, chez elle, dans sa chambre, devant son armoire où il y avait un grand miroir, elle n'arrêtait pas de se changer. Elle adorait ses cheveux. C'était la première fois où je me déguisais en fille. Elle me faisait des couettes parce que j'avais des cheveux longs, elle me maquillait les lèvres pour ensuite me les lécher. Il n'y avait rien de sexuel. À aucun moment je ne sentais qu'elle essayait de se foutre à poil, quand on se changeait c'était normal, comme deux garçons ou deux filles qui jouaient. Elle n'essayait pas qu'on fasse l'amour, de toute façon j'étais trop jeune pour elle. Mon père était content que je m'occupe, il était tranquille, il était une mère poule pour moi. Il était content que je sois accompagné et que je joue.

Ma famille a eu un rapport paternel avec ces deux filles. La sœur était devenue une amie de ma sœur et mon frère avait un faible pour cette petite fille, elle lui plaisait bien, je voyais. Il avait un rapport assez sévère avec moi (parce que j'étais gâté par tout le monde, par mon père surtout), un rapport tellement dur qu'à la longue je le prenais pour un ennemi. Quand j'ai senti que cette fille lui plaisait, il aurait voulu avoir un rapport autre que sévère avec moi pour qu'on puisse parler d'elle ensemble, que je lui arrange un moment avec elle, mais je ne pouvais pas. Mais il savait que je le savais, j'en suis sûr.

Elles connaissaient très bien l'ami de mon père qui nous prêtait cette maison, nous racontaient des histoires diverses des gens qui y avaient passé. Avant qu'elle soit libre, la sœur de cet ami de mon père y habitait et elle avait été tuée par un autre frère à elle qui lui avait coupé les pieds avec une faucille — parce que c'était une femme qui avait des histoires à droite et à gauche. Ma grand-mère était là le soir où elle nous a raconté cette histoire et elle était effrayée. Quand elle s'est levée le matin, il fallait absolument faire venir des fquis, des hommes religieux qui lisent le Coran, elle disait : « Pour que le petit n'ait pas de cauchemars la nuit », pour moi. Elle est même allée jusqu'à égorger un petit mouton qu'elle avait acheté et le distribuer aux pauvres, parce que, dans notre tradition, il faut mettre du sang sur le seuil pour chasser les mauvais sorts d'une nouvelle maison, distribuer des dattes et faire boire du lait aux pauvres.

Ma copine ne parlait jamais de ses parents, elle, elle n'aimait pas parler. À chaque fois que je lui posais une question, elle me disait : « J'en ai rien a foutre des tiens ». Tout ce que je savais, on l'avait appris de sa sœur à un dîner chez nous. Elles recevaient beaucoup d'argent de leur mère, Saloua me l'a dit, quand même. Et un soir elle m'a dit : « Tu veux qu'on aille à la plage ? », un endroit où je n'avais pas le droit d'aller parce que j'étais trop jeune et que ma famille n'était pas des gens qui passaient leurs journées à la mer. Le matin, je l'ai revue comme d'habitude, propre, bien peignée. Je lui ai posé la question : « Où tu vas ? » Elle m'a dit : « Mais on y va, à la plage, va t'habiller. » J'étais étonné, je pensais que ce serait avec elle et sa sœur, je ne pensais pas qu'elle aurait cette idée juste elle et moi. Je suis rentré chez moi, il n'y avait que ma grand-mère (du côté de ma mère), je lui ai dit que je sortais juste à côté, que je revenais un peu plus tard, qu'on allait jouer avec des gens plus loin qu'ici. Elle m'a dit qu'il fallait que je sois là au plus tard à midi sinon on mangerait sans moi parce que j'étais trop gourmand. On est sortis du quartier, on a pris un taxi, je ne savais pas du tout que je partais pour plusieurs jours, pour la nuit.

C'est quand je me suis retrouvé loin qu'elle m'a dit : « On ne revient pas ce soir. » Je n'avais pas du tout peur, je riais, ça me plaisait l'idée de partir avec cette fille. Elle était folle, cette fille, complètement. J'aimais bien comme elle avait des taches de rousseur sur le visage, elle n'était pas brune. Et, pour commencer, elle a dit : « Il faut qu'on achète des maillots de bain. » Elle disait : « Il faudra qu'on achète des couleurs qui se voient de loin pour se retrouver facilement si on se perd sur la plage. » Et j'ai pris un maillot de bain rouge que j'aimais beaucoup. Elle avait l'air maligne, je ne voyais pas s'ils étaient étonnés au magasin de nous voir acheter les maillots tous les deux seuls. Elle était débrouillarde, fonçait pour faire tout, c'était le propre de la vie de ces deux filles. On a acheté un sac à dos en cuir naturel, moi j'ai refusé de mettre mon maillot dedans parce que ça puait le cuir. On a acheté des sandwichs, c'était beaucoup trop pour nous, ce qu'on a acheté. On est allés sur une plage de Rabat hyperpopulaire, il y avait une jetée avec des rochers et de l'autre côte une plage avec des vagues beaucoup plus fortes où on me disait que c'était dangereux, une plage plus bourgeoise. Elle a choisi celle-là en prétendant qu'elle savait nager et n'avait pas peur des vagues. Effectivement, elle savait nager, je la voyais, mais je n'ai pas voulu aller me baigner, j'avais peur de l'eau et heureusement que je n'ai pas fait de conneries, que je n'ai pas essayé. L'eau me faisait horreur. Depuis toujours, en me lavant, au hammam, quand on me lavait les cheveux, si on ne faisait pas attention à me la verser doucement, ça me faisait peur.

Mais j'aimais bien juste l'observer nager. Elle attirait l'attention des gens, parce qu'elle était belle, et notre couple attirait l'attention, moi j'étais brun et elle ne ressemblait pas à une Marocaine, qu'est-ce qu'on foutait ensemble sur une plage ? À un moment je l'avais perdue de vue, je ne m'inquiétais pas parce que j'avais fait connaissance avec une fille et un garçon, un frère et une sœur avec leur mère à côté, à qui j'ai proposé de manger avec moi puisque Saloua n'était pas revenue. À tous les trois on a eu du mal à convaincre leur mère pour qu'ils mangent avec moi et moi je me faisais un plaisir de ne rien laisser à Saloua pour m'avoir laissé tout seul. On avait tout mangé et, au moment où elle arrivait, on avait des fous rires parce qu'on pensait qu'elle ne trouverait rien. Et elle m'annonce : « Excuse-moi, je suis un peu en retard mais j'ai déjà mangé. » Et ma vengeance est tombée à l'eau. Elle était revenue pour me dire de me rhabiller et ramasser mes affaires parce qu'on allait chez des amis qu'elle avait rencontrés. Je lui ai posé la question si on revenait demain pour retrouver le frère et la sœur, elle ne savait pas.

On a traversé la plage, enjambé des gens, et on est arrivés devant une tente où il n'y avait que des mecs. Le mec qu'elle me présentait était noir. Elle m'a présenté comme un cousin à elle. On est restés un moment avec eux, jusqu'à la fin de l'après-midi. En fin d'après-midi, on est rentrés avec le type, je ne savais pas ce qu'elle avait dit sur notre situation, je ne me suis pas posé la question. Au parking, on est montés dans sa voiture et il a quitté ses amis. On est montés dans la voiture et il nous a dit : « Il faut se rhabiller » parce qu'on était en maillot de bain. Moi, j'adorais rester avec mon maillot de bain rouge. C'était une R5. On a traversé la ville, on est arrivés à une énorme porte avec des remparts, je n'arrivais pas à comprendre où on était, c'était le Mechouar, le Domaine royal de Rabat. À l'intérieur, il y avait une somptueuse avenue. La seule chose qui nous a frappés est qu'il y avait dedans beaucoup plus de Noirs que de Blancs. Elle a posé la question : « Pourquoi y a-t-il autant de Noirs ? — Parce qu'au début du siècle c'étaient les esclaves qui habitaient là », a-t-il répondu. Elle m'a dit après : « Je comprends maintenant pourquoi il fallait qu'on ne remonte dans la voiture que rhabillés. » J'aimais bien son air quand elle disait ça, elle était extravagante avec son maillot de bain et ses cheveux longs.

On a garé la voiture, on est rentrés dans la villa par une route, c'était le quartier le plus luxueux du Domaine, en hauteur, en face du Palais royal. C'était doré de partout à l'intérieur, énorme, des canapés partout, des dorures, des salons différents. À l'époque, je ne trouvais peut-être pas ça beau mais très bizarre, c'était comme si j'entrais dans un trésor. Nous deux, on est allés tout de suite à la cuisine ouvrir le frigo, on avait faim, et pendant qu'on mangeait lui est allé dans la salle de bains. Un moment après, il revient — il était énorme, grand, carré —, sort de la salle de bains avec une gandoura, une grande robe traditionnelle, il sentait le parfum, et ce qui m'a frappé était une chaîne en or qu'il n'avait pas sur la plage avec un médaillon où était sculpté Allah et une clé sur laquelle il y avait une couronne, quelque chose qui ressemblait aux images royales. C'est ça qui m'obsédait, mon regard était pris par ça. Le tout faisait un bruit quand il bougeait, quand il marchait dans la maison. Et moi je croyais vraiment qu'il y avait un trésor dans cette maison, j'imaginais un coffre, quelque chose de précieux, que cette clé ouvrait quelque chose, qu'elle était un sésame. Il y avait le Palais en face, je croyais vraiment que cette clé avait à voir avec, pouvait ouvrir ce trésor.

Lui, je suppose qu'il était le fils de quelqu'un qui travaillait pour le roi. Et le soir il avait invité deux autres amis à lui, pour s'amuser, boire de l'alcool, du vin. Nous, on regardait la télé. Je me souviens, c'est elle qui a commencé à avoir peur, à la tombée de la nuit, je pense qu'elle ne savait pas où on allait dormir, elle voulait qu'on s'en aille. Je ne sais pas ce qui s'est passé pendant le dîner, je ne me rappelle plus, on a certainement dîné avec eux jusqu'à ce que les amis partent. Je me rappelle la nuit. C'était complètement fou. Au moment d'aller me coucher, j'entendais juste Saloua qui disait à ce type qu'elle ne voulait pas se séparer de Rachid pour la nuit, qu'elle ne voulait pas qu'il dorme tout seul, qu'elle dormirait avec lui. J'avais compris qu'il voulait dormir avec elle. Donc après on est retournés regarder la télé, puis on s'est retrouvés à trois dans un grand lit, avec moi pour protéger Saloua. Il y a eu des attouchements sur elle et moi, c'est tout ce dont je me souviens. Il n'y a rien eu de plus que cela, même avec elle. Pour moi, ç'a été très sexuel, cette nuit. Il n'y a eu rien de plus que des attouchements. J'avais six ans et j'étais un peu repoussé par sa couleur parce qu'il était noir, je n'aimais pas ça. Même à dix ans, quand j'y repensais, ça me répugnait toujours.

C'est difficile de se souvenir des détails. Je crois qu'on est allés au cinéma le lendemain, tout l'après midi, c'était une salle hyperpopulaire, il y avait deux films, une foule, une guerre au guichet et avant d'arriver au guichet un grand portail en fer ou on était déjà les uns sur les autres. C'est lui qui s'était chargé de nous acheter deux billets au marché noir pour ne pas faire la queue. C'était une salle dans la médina où ils passent des films genre Indiens ou karaté. C'était la salle où tu arrives, tu t'installes — j'y suis retourné après quand je devais avoir seize ou dix-sept ans —, les gens sont des maçons, des peintres, des paysans, ils ne vont pas voir un film, ils vont là, il y a du bruit, on fume... Après la sortie, le garçon est venu nous chercher et je ne me souviens plus de rien jusqu'au lendemain soir où on est rentrés.

On est arrivés dans un taxi, tout à coup on se regardait, dans la rue, avant d'entrer, on se rendait compte de ce qu'on venait de faire, deux jours d'absence. Elle est rentrée chez elle et moi en face chez moi. Il n'y avait que ma grand-mère. Elle a poussé un hurlement, tout étonnée de me voir. « Où étais-tu ? — J'étais avec Saloua. » J'ai posé la question : « Où sont les autres ? » Elle m'a dit : « Ils sont tous à ta recherche. » Mon père était allé à la radio faire une annonce parce qu'il travaillait à côté. Je n'avais qu'une peur, c'était que mon frère rentre avant tout le monde. J'avais envie que mon père soit là, il me protégerait. Quand mon père est rentré avec ma mère (celle que j'appelle « ma mère », la sœur de ma mère), il m'a pris, il m'a enfermé dans la chambre pour me poser des questions auxquelles j'ai répondu sur tout ce qui s'était passé. C'était une façon de montrer aux autres, à mon frère, que j'étais puni, qu'il avait fait son travail. Ma mère pleurait, elle m'a dit plus tard qu'elle avait risqué le divorce, mon père l'avait prévenue que s'il ne retrouvait pas Rachid il la quitterait, elle aurait dû faire attention même si elle n'était pas là quand j'étais parti. Je sais qu'après ils sont allés chez Saloua pour en parler à sa sœur, certainement pour l'engueuler. Je me suis levé le matin pour aller voir Saloua, elle n'était plus là. Sa sœur disait qu'elle était allée chez sa grand-mère mais j'avais un fort soupçon que non. Moi qui la connaissais le mieux, je pensais qu'elle était capable de partir ailleurs que chez sa grand-mère. Sa sœur disait que Saloua avait pris de l'argent quand on est partis. On est restés encore quinze jours dans cette maison puis ce fut la fin des vacances, je me réjouissais d'aller à l'école pour la première fois, j'étais ravi.

Plus tard, des années après, j'ai revu le type dans la rue, à Rabat, je ne lui ai pas parlé. J'étais toujours persuadé que c'était un esclave à qui on avait confié quelque chose de précieux, c'était fou de penser ça, enfantin. Mais je n'ai jamais revu Saloua. C'est triste. Quand je me souviens de cette histoire, quand je la raconte, je ne me sens pas complètement enfant. Sauf pour cette clé. J'étais enfant en la voyant, peut-être que j'avais envie de la voler aussi.

MES FEMMES

J'étais heureux d'entrer à l'école publique. Ça me changeait parce que, de quatre à six ans, j'étais dans une école coranique pour apprendre le Coran et le calcul. Le seul souvenir agréable que j'en ai — et c'est quelque chose qu'on ne peut pas décrire —, c'est que, quand on est petit, on a un ton général pour lire le Coran, un ton a la limite de chanter, comme pour les tables de multiplication, quand toute la classe lit ensemble. On bougeait tous de droite à gauche puis de gauche à droite, en rythme, toute la classe se penchait en lisant, ça faisait un peu bande dessinée. J'étais tout le temps à me plaindre des uns et des autres, parce qu'on se touchait, on se disputait, entre gamins. On me tirait le T-shirt par l'épaule et je me plaignais alors que je n'étais pas mécontent. J'ai aussi encore le son du claquement de doigts, le pouce et le médius, pour appeler le professeur, quand on voulait répondre à une question, aller au tableau. J'étais content d'aller à l'école publique parce que, pour moi, c'était une vraie nouveauté, avec de vrais cahiers, un vrai cartable. J'étais content aussi parce que ça m'a permis d'oublier assez vite ce qui s'était passé pendant l'été. J'ai eu plusieurs fois envie, quand je rentrais dans notre nouvelle maison ou quand j'allais à l'école, d'aller voir Saloua, mais c'était loin, maintenant, je ne pouvais pas y aller tout seul.

On était noté de A, le mieux, à E, le pire, et la première année j'étais A tout le temps, j'étais le bon élève de la classe, le meilleur. C'était vraiment moi le premier, il n'y avait personne d'égal à moi comme après dans les autres classes où j'étais juste bon. Là, j'étais vraiment très bon. J'aimais marcher entre la maison et l'école, dès que je rentrais chez moi j'étais content. J'ai des souvenirs de l'intérieur. Je pouvais traîner devant l'école car j'habitais vraiment juste à côté, souvent je raccompagnais même mon copain avec qui on est restés dans la même classe pendant trois ans en étant toujours assis ensemble et dont la maison était un peu plus loin. Je ne pouvais pas vivre autre chose que maison-école et école-maison, entre les deux c'était trop près, je ne pouvais que jouer dans l'impasse avec les voisins. Et encore, j'étais exclu des jeux comme le foot car j'étais nul. À l'intérieur, chez moi, dès que je rentrais, ma mère qui est ma tante m'attendait — je dis « ma mère » pour situer, je ne l'ai jamais appelée « ma mère ». Ma sœur aussi, dès qu'elle rentrait des cours, c'est elle qui s'occupait de moi, elle m'aidait à faire mes devoirs, me lisait des choses. J'étais tout le temps avec elles. Et avec les autres femmes, les voisines. J'étais toujours derrière, derrière ou devant mais je préférais derrière car quand elles étaient entre elles à parler des hommes et qu'elles s'apercevaient que j'étais là, elles disaient : « Qu'est-ce que tu fais là ? Va jouer avec les garçons. » Je préférais être derrière, on ne se rendait pas compte de ma présence et je pouvais écouter tout. C'était une position assez bizarre car je me sentais vraiment mal, j'avais l'impression d'être exclu du monde du même âge que moi. Elles m'obligeaient en fait à rester à la maison pour que je ne fasse pas de bêtises dehors à me perdre. Et quand elles parlaient d'hommes, elles me rappelaient que j'étais un garçon et pas une fille et que je ne devais pas être collé à elles. Je n'aimais pas être traité de fille, de petite fille. Mon père, souvent, n'était pas là, il était quelqu'un de très très soucieux, il fallait faire très attention à moi, donc on me surveillait. On habitait une impasse où tout le monde jouait. Comme j'étais le dernier — j'étais bébé quand ma mère est morte —, il fallait faire gaffe. J'étais protégé.

Ma vie a été ça pendant des années. Plus je grandissais, plus on faisait attention a ma présence. Quand j'étais petit, elles parlaient sans scrupule des hommes, de tous les secrets de femmes d'intérieur qu'elles ne dévoilent qu'entre elles. Peu a peu, quand je grandissais, quand elles parlaient d'un homme elles en parlaient au féminin pour me tromper et moi j'étais content parce que je voyais bien que c'était un homme et qu'on me prenait pour un enfant. À force de les côtoyer, de les connaître, je savais exactement de qui elles pouvaient parler. Elles n'avaient pas de doubles vies, juste elles parlaient de leurs maris au féminin. Chez ma sœur, avec ses copines qui n'avaient pas de maris, elles étaient obligées de parler de tous les hommes au féminin. Ça me plaisait, je trouvais que j'étais intelligent, je comprenais les finesses quand elles faisaient très attention. À un moment de la conversation, je comprenais qu'il y avait quelque chose — un mot — qui ne pouvait s'employer que pour un homme, qu'on n'aurait jamais dit d'une femme, par exemple, quand elles décrivaient les mains d'une nana, je voyais bien que c'étaient celles d'un homme.

Avec ma sœur, je dormais dans la même chambre, j'avais mon lit à côté, c'était elle ma mère. Ma tante, c'était juste la femme de mon père, ils ne s'étaient mariés que parce qu'elle remplaçait sa sœur pour la famille de ma mère. C'est la famille de ma mère qui a poussé mon père à se remarier avec quelqu'un de la famille plutôt qu'avec une étrangère qui s'occuperait mal des enfants. Ça a été vrai quand ma sœur était toute petite. Il y avait aussi une femme que j'appelais ma grand-mère, je l'appelais Lala comme on dit chez nous pour les grand-mères, et qui aidait a l'équilibre de la famille. La personne la plus proche de moi quand j'étais enfant était ma sœur qui a dix ans de plus que moi. C'est elle qui me lavait, qui faisait tout. Lala ne pouvait pas, c'était une vieille dame qui nettoyait les vêtements, préparait les repas, avait un jugement sur tout, c'était une vraie personne qui faisait partie de la famille et qu'on respectait, elle était plus une grand-mère que ma vraie grand-mère.

Ma sœur, c'est celle qui m'a le plus entraîné avec elle dans le milieu des filles, des femmes. C'était une jeune fille. Je suis même plusieurs fois allé avec elle chez son petit ami, j'attendais dans le salon pendant qu'ils étaient dans la chambre. Ils avaient leur intimité. Mais c'est dire à quel point j'étais avec elle. J'aurais voulu qu'elle ne me considère pas juste comme un enfant qu'on garde avec soi sinon il ne sait pas quoi faire de sa journée, sinon il va se disputer, se faire casser la gueule, quand elle me parlait de son copain qu'on soit complices.

Le jour où je les fréquentais le plus, où j'étais vraiment à la maison, c'était le vendredi où je n'allais pas à l'école. C'était le jour où j'avais tout l'après-midi à être avec elles, que ce soient ma tante et sa voisine ou ma sœur et ses copines. Je n'allais pas à l'école, j'étais avec elles, vraiment. Tandis que, le dimanche, mon père nous emmenait à la campagne ou au zoo, on allait souvent au zoo car j'adorais ça. J'aimais bien parce que j'étais petit et qu'il y avait beaucoup de monde, le dimanche, il y avait les grilles devant les animaux et moi j'étais entre les jambes pour essayer de voir, alors mon père me prenait toujours sur ses épaules pour que je puisse regarder bien et j'adorais ça car toute la semaine j'éprouvais le besoin d'être avec lui. Le seul pique-nique que j'ai fait de ma vie, j'avais douze ans, je suis retourné au zoo avec des copains de classe, on était partis tôt le matin et on a eu toute la journée au zoo, c'était très agréable.

Ma sœur ne s'entendait pas avec ma mère, elles étaient jeunes, elles avaient quatre ans d'écart, il y avait un vrai accrochage entre elles, elles ne se sont jamais entendues de leur vie, on aurait dit deux rivales, deux femmes sous le même toit qui se disputaient. C'est pour ça que ma sœur avait ce côté mère de m'élever pour que ma tante ne m'approche pas trop, ne s'occupe pas trop de moi, surtout quand ma sœur était là. À la longue, ma tante a fini par être dure avec moi, très souvent, à me reprocher d'être gâté, mais c'était à ma sœur qu'elle en voulait, pas à moi. Elle voyait qu'elle n'avait pas tellement de responsabilité, que simplement elle était la femme de mon père et était là juste comme ça, parce qu'on avait décidé.

Le souvenir qui me revient est que, enfant, très jeune, j'ai entendu ma tante dire : « Oui, bien sûr, on l'a fait avec de la peau, le plastique. » Et, pour moi, c'était évident que c'était le préservatif. Maintenant, on en met par la force des choses parce qu'il y a le sida mais, là, ce n'était pas une protection contre la maladie, c'était pour ne pas avoir d'enfant. Dans la conversation, je comprenais seulement ça, que ma tante était jeune et que juste elle ne voulait pas d'enfant quand elle faisait l'amour avec mon père. Beaucoup plus tard, j'ai su ce que c'était précisément qu'un préservatif, à l'époque, pour moi, c'était juste un bout de plastique qui protégeait d'avoir des enfants, et c'était curieux pour moi mais j'avais quand même compris que c'était pendant qu'ils faisaient l'amour. J'imaginais une scène d'amour entre elle et mon père pour savoir comment était utilisé ce bout de plastique, à quel endroit on le mettait, qui, de quel côté ? Est-ce que chacun en avait un ? Je ne savais pas du tout. Je pensais juste à ça, j'imaginais juste une scène d'amour entre ma tante et mon père — qui ne m'excitait absolument pas — pour savoir qui le portait. Ce serait drôle d'ailleurs que les deux en aient un. Je ne savais pas si c'étaient des trucs énormes qui se mettaient sur les femmes, sur ma tante.

C'était drôle, cette image. C'était cette image qui me plaisait, c'est ça qui m'a permis d'imaginer l'amour, de penser à l'amour. Sur le moment, ce n'était pas pour m'exciter en tant qu'enfant à des cochonneries. Mais c'est à partir de là que j'ai pensé aux hommes. Avant, chaque fois qu'elles parlaient des hommes, pour moi c'était abstrait. Les relations que j'étais content de comprendre quand elles parlaient des hommes au féminin, là c'est devenu un peu plus pour moi, j'ai compris qu'en dehors des relations il y avait le contact, les relations c'était pour faire l'amour. Grâce au plastique. C'est ça qui déclenchait les relations d'amour entre femmes et hommes, et ces hommes dont j'entendais tellement parler, dont j'avais tellement de plaisir à entendre les femmes parler, je me suis rendu compte que c'était comme des épisodes pour moi — j'avais hâte que le vendredi arrive, qu'on soit dans l'après-midi —, entendre parler des hommes est devenu un mystère pour moi, c'était ma fête, mon feuilleton, mes épisodes préférés. Plutôt que de regarder à la télévision comme les autres enfants *Sinbad et son perroquet* que j'aimais énormément, je préférais entendre parler des hommes, j'éprouvais plus de joie à aller écouter.

Quelquefois, elles ne savaient plus que j'étais derrière elles tellement elles étaient prises par leurs histoires. Quand j'étais devant, elles me disaient : « Tu es grand, maintenant. Tu es un garçon, pas une fille. Ne reste pas avec nous. Va regarder la télévision, va faire tes devoirs. » Et, de derrière, c'était comme un écran pour moi, je les voyais bien, il y avait un truc d'image. Je commençais à m'intéresser aux hommes comme elles s'y intéressaient. J'étais incapable de dire : « Les hommes me plaisent. » Quand j'avais dix ans, je suis tombé amoureux d'un garçon d'un âge proche du mien. Mais j'avais toujours cette envie d'entendre parler, je faisais vraiment attention, je regardais ailleurs pour qu'elles se disent : « Il ne fait pas attention », j'étais attentif des oreilles seulement, je faisais semblant de regarder par terre ou de jouer avec quelque chose dans ma main mais je me donnais du mal pour qu'aucun mot ne m'échappe.

J'ai arrêté d'aller au hammam à l'âge de six ans, à six ans je n'avais plus le droit d'y aller, je veux dire au hammam des femmes. Je ne me rends pas compte si j'étais triste ou content de ne plus y aller. Avec les femmes, c'était un monde brouillon, pas calme du tout, très amusant. Je ne comprenais peut-être pas alors les blagues des femmes entre elles mais souvent je riais. J'étais en liberté à l'intérieur. Elles étaient toujours occupées entre elles. J'étais seulement là et, juste avant ou juste après qu'on s'était occupé de moi, qu'on m'avait lavé et frotté, je pouvais faire mon jeu préféré qui était glisser d'un bout à l'autre du hammam sur le ventre, c'était du granit lisse, ça m'amusait énormément, c'est un souvenir extrêmement lisse. Quelquefois je recevais des raclées, elles me prenaient violemment par le bras et m'emmenaient à la place où j'étais assis. Les femmes, quand elles se rasaient, les jambes ou n'importe quoi, elles avaient peur que je me blesse avec un rasoir qui traînait par terre. Pour n'importe quel petit garçon, le seul souvenir physique d'une femme, c'est que c'est un physique important, gros, je dirais. Elles ne gardaient que leur slip, les seins à l'air, et très souvent elles étaient entièrement nues.

Une fois, je me rappelle, on était assis, il y

avait une femme à côté de moi, notre voisine au hammam, extrêmement importante, très très très grosse. Je m'étais dit : « Si je la pince, est-ce qu'elle va sentir quelque chose ? » J'avais l'impression que sa cuisse était tellement énorme qu'il y avait un morceau de viande si loin de son corps qu'elle ne pouvait rien ressentir. Pendant que la masseuse me frottait allongé sur le dos — il y avait dans ce cas-là un truc pénible, quand on me lavait, frottait et massait sur le ventre, ça allait, mais quand c'était sur le dos non, car il tombait du plafond à cause de l'humidité des gouttes d'eau qui m'arrivaient dans l'œil et me brûlaient —, juste derrière moi il y avait la grosse occupée par sa fille, une petite fille, je tends ma main droite et vraiment j'ai pincé, j'ai tiré la peau. Il y a eu un hurlement. Elle a vite su que c'était moi. La masseuse s'engueulait avec elle pour me défendre : « Impossible, j'étais en train de le frotter. » C'est un endroit, le hammam, où les femmes sont intimes et rigolent entre elles, mais il suffit de rien pour qu'elles se bagarrent ensemble parce que telle femme a pris le seau de l'autre. Et moi j'ai provoqué une engueulade. Quand je l'ai pincée, elle tenait l'eau chaude, et surtout par réflexe elle a tout renversé sur sa petite fille, la brûlant. J'adorais le hammam des femmes.

À six ans, je n'avais plus le droit d'y entrer,

j'ai commencé à aller avec mon père. Au début, on m'a dit que je pleurais parce que, la première fois, je n'avais pas envie d'aller avec mon père. À l'entrée du hammam, il y a deux portes collées, Hommes et Femmes. C'est un choc pour un enfant de ne plus entrer par la porte à côté où il a passé longtemps. Il n'y avait rien de spécial au hammam des hommes, c'était très différent du hammam des femmes, c'était humainement froid. Il n'y avait rien de chaud que la chaleur, la vapeur. Les hommes font attention entre eux, quand ils veulent se déshabiller, ils se mettent une serviette autour de la taille. Quand ils se lavent les fesses ou le sexe, ils se cachent, se tournent de l'autre coté du mur. Pour moi, c'était une frustration de ne rien voir, car je voyais tout chez les femmes. Dans le hammam des hommes, il y a un mur qui sépare du hammam des femmes. Juste en haut du mur, il y a un trou d'aération, bien haut pour que les hommes ne puissent pas y grimper. Et moi je me mettais contre le mur, tout contre, souvent j'étais fatigué à cause de la chaleur, souvent je m'allongeais par terre contre ce mur pour écouter parce que ça me manquait. Souvent je m'endormais.

Quand j'ai commencé à aller avec les hommes, de temps en temps je faisais des crises pour aller avec les femmes. Je disais à ma tante : « On me fait mal quand on me frotte, je viens avec vous. » C'était un vrai but. Elle acceptait et m'emmenait avec elle. Ou quand mon père était occupé et mes frères aussi, elles m'emmenaient avec elles au hammam, ma tante ou ma sœur, et j'étais ravi. Il faut imaginer un enfant entre les cuisses des femmes quand elles s'arrachaient les cheveux et les seaux volaient, c'était violent. Elles se disputaient pour une place, un seau. C'était tellement violent, tellement amusant. Moi, enfant, ça me faisait rire.

Après, ce ne fut plus possible. Après que je suis entré à l'école, j'ai eu un vocabulaire un peu vulgaire que j'avais appris dans la rue et elles n'acceptaient plus de m'emmener, quand j'avais sept-huit ans, sept ans. Une fois, j'étais au hammam des hommes avec mon frère et un copain de son âge à lui et ils entendent du bruit à côté, chez les femmes. Sur un ton moqueur, ils me demandent : « Alors, Rachid, qu'est-ce qui se passe maintenant ? », parce que je connaissais encore tout récemment. Ça m'a blessé, je n'ai pas répondu.

Ma sœur sortait avec un type qui était presque son fiancé, tout le monde était au courant. Ce n'était pas une chose cachée. Mais, ma famille, mon père, personne ne pensait qu'elle couchait avec lui. Et puis ma sœur est tombée enceinte de ce type. C'est ma tante qui l'avait découvert, qui avait découvert que ma sœur était enceinte et que c'était la catastrophe pour la famille. Mon frère l'avait mal pris. Normalement, ce genre de chose, c'est la honte pour la famille, par rapport aux proches, au voisinage. Et je suis sûr que ma tante au fond d'elle-même a trouvé un moyen de pression sur ma sœur, pour avoir plus de poids sur elle grâce à cette faiblesse, que tout à coup elle se mettait à lui donner des conseils, la consoler, c'était une façon de s'approcher d'elle qui était pour ma sœur presque un rapport malsain et humiliant, jamais elle n'avait voulu ce genre de rapport avec ma tante.

Il fallait donc la faire avorter. Ma sœur a refusé. Elle voulait garder le bébé. En plus, le type avec qui elle sortait, on a découvert qu'il sortait avec une autre femme, qu'il était marié et déjà père d'un enfant. Donc tout le monde a été au courant. Mon père s'en foutait. Ce qui a étonné mon frère, lui était furieux d'apprendre cette nouvelle, il ne s'attendait pas à ce que mon père protège ma sœur. Il y avait un voisin d'une grande famille, un grand commerçant (ils étaient deux frères dans la même rue), dont le rêve était de récupérer notre maison qui était la plus grande du quartier. Et comme lui était un des plus importants du quartier, il voulait racheter la maison pour y mettre son frère et lui. Je ne connais pas les détails de ses propositions à mon père mais, quand il a su que ma sœur était enceinte, il a fini par arriver à convaincre mon père de vendre la maison et qu'il était intéressé à l'acheter. Nous avons donc déménagé. Parce que c'était une honte dans le quartier, on montrait ma sœur du doigt. La proposition de ce type était un moyen de pression sur mon père, presque un chantage. Contrairement à d'autres pères qui auraient foutu leur fille dehors parce quelle avait un enfant illégitime, mon père la protégeait. Il s'est dit : « Ma fille s'est fait avoir par un type, s'est fait faire un enfant très jeune, je ne vais pas en plus la ficher dehors. »

Donc j'ai été mal longtemps à cause de ça, ça me faisait énormément de peine pour ma sœur. Quelque chose me plaisait quand même. Comme j'étais beaucoup plus proche de ma sœur que de ma tante et qu'elle avait pris pour moi la place de ma mère, ça me plaisait qu'elle soit enceinte, c'était comme si c'était vraiment une mère, qu'elle ait un autre fils. Je devais avoir un autre frère.

En fait, ce qui s'était passé est que je devais être à l'extérieur, un jour, et quand je suis rentré ma sœur n'était plus là. Car ma tante avait fini par découvrir qu'elle était enceinte, parce qu'elle était toujours allongée et qu'elle mettait des robes plus ou moins larges pour qu'on ne voie pas. Quand ma tante a senti, quand elle a compris, elle a immédiatement voulu faire avorter ma sœur, avant que mon père le sache. L'après-midi même, elle l'a emmenée chez le médecin. Pendant que ma tante parlait au médecin, ma sœur est restée dans la salle d'attente, et tout à coup elle a été prise de panique et elle est partie se cacher chez une amie. Et, en courant dans la rue, elle a été renversée par une voiture qui est partie, tout s'est fait très vite, il y avait une foule mais la voiture est partie et il n'y a même pas eu de constat. Une cousine a téléphoné le soir pour prévenir de l'accident parce que ma sœur était allée se réfugier chez elle et mon père a eu une réaction qui, je trouve, a été bonne. Il a dit : « Et l'enfant ? » Ça a étonné mon frère et ma tante. Au lieu que tout le monde aurait été très content que l'enfant soit mort, que ça aurait arrangé tout le monde, mon père au contraire s'inquiétait « Et l'enfant ? »

Une histoire comme ça est propre à un pays comme le Maroc parce qu'une fille avec un enfant illégitime est vraiment une honte pour les musulmans. C'est arrivé pendant l'été. Ma sœur passait en fac. Elle allait passer l'année à la maison à suivre les cours par correspondance. Ma tante avait deux enfants et tous les deux étaient des filles. Son rêve était d'avoir un garçon, c'est ce qu'elle voulait à tout prix. On a déménagé, on s'est fait de nouveaux voisins à Salé, juste à côté de Rabat. On n'avait pas de comptes à rendre aux gens, on s'en fichait que ma sœur soit enceinte. Ma tante a dit : « Il faut qu'elle reste chez sa cousine pendant toute l'année et qu'elle revienne avec l'enfant sans jamais dire qu'il est illégitime. » Elle espérait que ce serait un garçon qu'elle adopterait. Mon père avait trouvé ça pas bien et ma sœur a dit : « Pas question. » Ma sœur a habité avec nous et a continué ses cours par correspondance. Et l'enfant est né. Un procès a été fait parce que le père refusait de reconnaître qu'il avait couché avec ma sœur et qu'il était responsable de quoi que ce soit. On a voulu faire une prise de sang pour comparer le sang de l'enfant et le sien et alors il a avoué. Quand l'enfant est né, il s'est réconcilié avec ma sœur, mais ma sœur n'a pas voulu continuer avec lui. Pour elle, c'était fini. L'enfant a en effet été un garçon. Et ma tante aurait voulu qu'on dise que ce soit son fils à elle et que ma sœur n'avait jamais porté un bébé. C'était extravagant, comme idée.

Ma tante a eu une fille née en 1976 qui est toujours vivante et une autre qui est morte à cinq ans, dans un accident. Ça a été une histoire atroce. Je l'aimais beaucoup. Elle était encore à la maternelle. Un bus venait la chercher. Elle allait traverser. Il y avait un camion arrêté qui livrait quelque chose. Elle voit son bus de l'autre côté, à droite, et le camion arrêté qu'elle n'a pas vu arriver quand il a démarré. Elle a été entraînée par le camion, elle avait la robe accrochée à quelque chose comme un crochet, disaient les gens qui criaient pour que le camion s'arrête, mais elle a été traînée pendant cinquante ou cent mètres, et quand le camion s'est arrêté elle était morte et en plus déformée par le crochet. Ça l'a rendue folle, ma tante. J'aimais beaucoup cette fille. C'était très dur, cette mort, pour un enfant. Elle avait cinq ans. Elle était bonne élève. Son professeur l'adorait. À son enterrement, toute la classe est venue. C'était émouvant de voir tous ces enfants lire le Coran à l'enterrement. J'avais douze ans. La veille, elle m'avait piqué un gilet blanc. Elle l'avait sur elle le jour de sa mort. C'est drôle que je me souvienne de ça. Elle était très jolie, cette fille.

Donc, ma sœur, maintenant, pour elle, c'était son fils. Elle a eu une carte comme une carte de famille. Il aurait pu y avoir un problème d'identité dans un pays musulman comme le Maroc. Mais, par des gens qu'on connaissait, elle a obtenu un livret de famille.

L'enfant a été adopté par mon père. C'était le fils de mon père. Quand il était bébé, mon père ne s'en occupait jamais. Je le prenais, je le lui amenais en lui disant : « Embrasse-le. » Il ne voulait pas. Il était froid. Dès que le bébé a marche, il a intéressé mon père. Mais j'étais triste que mon père ait peur de le porter, de l'abîmer. Ça me faisait mal parce que j'avais oublié que mon père n'aimait pas s'occuper des bébés et que je croyais que c'était à cause de ma sœur, parce que c'était un enfant illégitime, je ne pouvais pas comprendre ça. Là, l'enfant l'appelait Papa, il n'avait pas a être froid avec. Même si c'était le fils de sa fille. Je trouve ça beau que la mère et l'enfant disent « Papa » au même papa. Il est né en 1981. Il s'appelle Adil. Moi j'ai vu son père, je sais où il habite. J'ai vu très jeune par curiosité où il habite, l'autre enfant a trois ans de plus qu'Adil, ils sont pratiquement jumeaux tellement ils se ressemblent. C'est un garçon brillant. Il ne connaît pas l'existence de son vrai père. Ça ne l'intéresse pas de savoir qui c'est. Il a vécu avec mon père comme avec son père, et avec sa mère. Tout va bien. Il n'y a aucun rapport anormal avec qui que ce soit. Mais c'est mon frère.

Je jouais avec lui pour que ma sœur ne se rende pas compte qu'il était refoulé par mon père. C'était impossible à dix ans que j'imagine que c'était parce que c'était un enfant illégitime que mon père faisait ça contre ma sœur, mais je sentais quelque chose. C'était une souffrance pour moi par rapport à ma sœur que mon père ne soit pas plus gentil avec le bébé. L'enfant qui essayait de marcher, à genoux, je le prenais dans mes bras pour l'apporter à mon père et mon père avait un mouvement de recul — pas parce que c'était le bébé de ma sœur mais parce que c'était un bébé, autant il est à l'aise avec les enfants autant pas avec les bébés. Mais mon père, en France, serait pris pour un pédophile tellement il aime les enfants. Et moi je suis heureux, comme enfant, d'avoir eu ce don, de sentir ce que les autres sentaient, pour moi c'était une chance que je puisse essayer de protéger ma sœur parce que je l'aimais.

On a donc déménagé. Moi, je n'avais pas envie de déménager, de quitter mon école ni le quartier. Une autre tante, du côté de mon père, a proposé à mon père de me garder chez elle et que je continue mes études chez elle en allant tous les week-ends chez mes parents. Ça m'allait tout à fait. J'étais content, excité, à l'idée de vivre dans une autre famille, avec des problèmes ou non. J'avais envie de vivre leur vie. C'était une maison, et j'ai atterri dans un milieu encore plus féminin que celui où j'avais vécu. Ma tante avait quatre filles et un garçon qui était l'aîné et avait fait sa carrière dans la police, qui était haut gradé. J'étais bien dans cette famille. Il y avait quelque chose qui m'obsédait comme un petit rêve : j'aurais aimé avoir le pistolet du fils, mon cousin, entre mes mains. J'ai attendu un jour où il ne travaillait pas, un jour férié pour lui, il était à l'extérieur — ce n'était pas un flic qui portait l'uniforme, c'était un flic habillé normalement, en costume, comme on voit dans les films américains, avec un pistolet —, ce jour-là je suis entré dans sa chambre. Je savais où il le déposait. Ce n'était pas fermé à clé. Un jour, on le regardait tous en train de s'habiller, on l'admirait avec son pistolet et donc je savais où il le rangeait. Alors je l'ai pris entre mes mains. J'ai juste fait gaffe de ne pas tirer, je ne savais pas s'il était chargé ou pas du tout. C'était un garçon qu'à la limite je ne voyais presque jamais. Il avait sa chambre dans sa famille et un appartement à lui à l'extérieur où il retrouvait ses amis et la femme avec qui il sortait. De temps en temps, il couchait dans sa famille.

Pendant ces deux ans passés chez eux, à part les jours de fête où il y avait des dîners réunissant tout le monde, je ne voyais presque pas d'hommes. Pour moi, c'était une maison où toute la journée il y avait la mère — et le père, le soir, qui s'occupait d'une vieille librairie. C'était un milieu très différent du mien de par le père (ma tante était la sœur de mon père), une famille d'intellectuels. C'était un type qui adorait raconter le soir ce qu'il avait lu. Il avait la soixantaine. C'était un plaisir pour lui de relire des histoires le soir, de raconter des anecdotes qui l'avaient amusé. Je n'avais jamais vu une famille comme ça, ouverte à tout. Sur les quatre filles, la première était professeur, la deuxième coiffeuse et les deux dernières étudiantes. La plus jeune avait cinq ans de plus que moi. C'était elle dont j'étais le plus proche, une fille extrêmement intelligente avec une forte personnalité. Et même physiquement elle était complètement différente des autres. Elle était foncée de peau, brune, pas du tout comme son père. Elle faisait un complexe que soi-disant son père la taquinait en l'appelant « la négresse de la famille » et qu'en fait elle croyait qu'il n'était pas content parce qu'elle était la quatrième fille de suite et pas un garçon, et en plus elle ne ressemblait pas aux trois autres.

La deuxième et la dernière étaient des sœurs musulmanes. Elles portaient le voile. La deuxième était partie en Arabie Saoudite pour suivre des études d'anglais. Elle y est resté quatre ans pour faire son doctorat. D'être sœur musulmane, pratiquante, lui avait facilité le séjour, on avait plus facilement accepté son dossier. Le père a toujours été contre que deux de ses filles soient religieuses et portent le voile, et que la religion leur interdise de serrer la main à un étranger — rien que ça dérangeait le père, ce qui est invraisemblable de la part d'un père marocain, d'habitude les pères s'en foutent ou disent : « Bravo, ma fille, de ne pas serrer la main à n'importe qui. » Lui trouvait ça exagéré. Le père avait vécu en France jeune, il était revenu au Maroc, marié, quand il a eu des enfants. Il n'en voulait pas à la deuxième fille, celle qui était partie en Arabie Saoudite, parce qu'il la voyait peu, que l'été, pendant les grandes vacances. Mais il en voulait à la quatrième, la dernière, parce qu'elle portait le voile sans cesse et qu'il croyait que ses propos avaient toujours à voir avec la religion, lui-même était un bon musulman qui faisait ses prières. Il y avait une tension très forte pratiquement à chaque repas, ce qui les amenait à parler souvent de politique. Je ne sais pas si elle était contre le roi, je crois qu'elle n'avait rien contre Hassan II mais elle disait : « On ne peut jamais rien dire contre le roi. » Ça la faisait rire que son père et sa mère fassent tellement attention quand ils parlaient du roi, comme si les murs avaient des oreilles, elle faisait des blagues avec ça. Lui détestait Khomeyni, Arafat quelquefois. Elle, elle surnommait Hafez El Assad « la pute ». Moi, je m'entendais très bien avec elle et c'est par elle que je me suis vraiment intéressé à mes études d'arabe, et c'est par elle que j'ai commencé à lire, et c'est elle qui m'a appris comment écrire une lettre en arabe. Elle adorait le cinéma et le tennis. Elle se passionnait pour le tennis et connaissait parfaitement les joueurs, elle savait que John McEnroe était un hystérique capable de casser sa raquette parce qu'il avait perdu et c'était une des raisons pour lesquelles elle l'aimait parce qu'elle était pour les gens comme ça qui sont furieux quand ils perdent. Pour moi, c'était vraiment une famille ouverte : deux filles islamistes mais pas intégristes, un garçon flic, une fille coiffeuse et une professeur.

Je suis tombé amoureux d'un garçon, je crois que je préférais ça comme occupation. Pour ne plus avoir cette peur d'être parmi les femmes, d'être tout le temps refoulé par elles. Et aussi par les enfants de mon âge quand on ne faisait pas appel à moi pour que je joue au foot avec eux. J'avais dû jouer une fois et j'avais été nul, et plus personne ne me réclamait dans son équipe. Ça m'était égal sauf que tout le monde a envie de jouer au foot. Alors ils jouaient au foot et moi au médecin, j'étais habillé en short comme eux et je m'étais fait un cartable en bois, avec la croix rouge et blanche comme la Croix-Rouge et je me précipitais sur lui dès que quelqu'un était blessé. Ils me prenaient pour un crétin, les enfants. Quand quelqu'un était tombé, j'insistais pour venir le masser, le toucher, et ils finissaient par accepter. J'étais le crétin, vraiment. Je les massais, réellement, c'était invraisemblable qu'ils me laissent. Mais, entre enfants, tu ne penses à rien, j'étais le plus vicieux.

Le pire — je ne sais pas si c'est le pire —, c'est que je suis tombé amoureux d'un garçon qui était en tête pour le foot, qui était blond et avait des yeux bleus. C'était la première année où j'habitais chez ma tante. Je suis tombé vraiment amoureux de lui. Mais je ne savais pas comment le lui dire, j'étais inquiet d'être maltraité à cause de ça. J'avais envie de lui faire une lettre avec de belles expressions. J'ai passé des heures à lui écrire, j'ai déchiré des feuilles parce que ça ne me plaisait pas, je me suis retrouvé à m'inspirer de tout ce que j'entendais à la télévision, les séries d'amour, et des chansons que j'écoutais à la radio, de tous ces sentiments. Il fallait absolument que je décroche quelque chose, que, même s'il ne m'acceptait pas, il s'aperçoive que ce n'était pas banal.

Mon souvenir, c'est, un soir, j'avais fini ma

lettre, je l'avais mise dans une enveloppe et j'étais allé sonner chez lui où j'avais aussi peur de comment la lui donner, je voulais main dans la main, directement à lui. Il était étonné quand il a vu que j'avais une lettre pour lui, je me rappelle que ça l'a fait sourire. Je suis retourné à la maison, je tremblais de joie, de peur, je ne savais pas comment il allait le prendre. Pendant qu'on dînait, ça a sonné. Et c'était Khalil. Il m'a appelé pour me dire qu'il avait lu la lettre. Voilà. Je devais le voir le lendemain dans l'après-midi, quand tout le monde serait sorti de chez lui, en début d'après-midi. Je ne me rappelle pas des détails, comment je suis entré, comment je me suis assis chez lui. Mais je me souviens que vite il a été sur moi, en face de moi, et qu'il m'embrassait vraiment. Il me disait : « Tu es doux, tu es doux, comme une fille » ou « comme une petite fille ». La chose que j'ai pensée, sur le moment, c'est que je ne savais pas s'il le disait parce qu'il le pensait ou parce qu'il prenait plaisir à être avec moi et que, si j'étais doux comme une fille, alors ce n'était pas un problème de faire l'amour avec moi. Ou si c'était pour me rappeler que j'étais comme une fille, incapable de jouer au foot. Ça m'a frappé sur le moment : est-ce qu'il le fait exprès, pour dire que je suis comme une fille et pas fait pour le foot ? On est restés très proches, enfin moi j'étais amoureux de lui, on avait une intimité spéciale qui s'est créée depuis ce jour-là. Après, j'étais encore moins avec le groupe de garçons dans la rue parce qu'il y avait lui. J'étais intimidé. J'avais peur aussi qu'il le dise aux autres. J'avais dix ans, il devait avoir trois ou quatre ans de plus que moi.

La deuxième fois, c'était chez ses grands-parents qui avaient une ferme dans la périphérie de Rabat, qui à la fois était un quartier hyperrésidentiel mais où il y avait des fermes depuis toujours. Il y avait des orangers. Et on a fait l'amour dans la ferme. On était avec ses cousins, on leur a échappé. Soi-disant, mais je n'ai jamais su si on leur avait vraiment échappé ou s'il s'était entendu avec ses cousins pour qu'on fasse l'amour. Pour moi, on faisait l'amour. Pour lui, il me faisait l'amour. On a toujours été voisins jusqu'à ce que, nous, on déménage, et je ne l'ai plus revu.

Je n'ai écrit que deux fois des lettres, très jeune. C'était une chose que jamais je n'avais entendu un garçon de mon âge dire, qu'on pouvait écrire une lettre d'amour. À vivre ça, j'avais l'impression que je pouvais être doux et voir le côté romantique que je sentais dans les relations. La deuxième fois, c'était la première année au collège. Des le premier jour de la rentrée scolaire, Younès m'avait estomaqué. La lettre, je ne l'ai écrite qu'au milieu de l'année. Et ça n'a pas marché. Mais le garçon ne l'a pas du tout mal pris. Je ne l'avais écrite qu'au milieu de l'année, quand j'étais sûr qu'on était assez proches, assez amis.

Autre chose est arrivé au bout de deux ans que j'habitais chez ma tante, j'avais douze ans. Un jour, devant le collège, j'avais aperçu une voiture. Je voyais une personne au volant et une autre personne à l'extérieur, debout, appuyée sur la voiture. Après un certain temps, je me suis rendu compte qu'on me regardait. C'était au début de l'après-midi, juste avant quatorze heures où commençaient les cours. Il y avait un marchand de sandwichs et de bonbons et le type tournait autour parce que j'étais à côté, j'achetais je ne sais quoi. À un moment, il était tout près de moi. Il m'a demandé en quelle classe j'étais. J'ai répondu que j'étais en première année au collège. Il m'a proposé de m'attendre à la sortie pour m'emmener avec lui. Je sortais normalement à cinq heures mais il m'avait dit qu'il voulait m'emmener à Fez en voiture et me ramener soit le soir, soit le lendemain matin. L'idée m'excitait et lui me plaisait. Normalement, j'avais de quatre à cinq heures un cours de dessin que je n'aimais pas. J'ai été voir mon copain qui était mon copain de classe chez qui j'allais souvent travailler, et je lui ai demandé de téléphoner à ma tante le soir pour dire que je dormais chez lui parce qu'on travaillait ensemble. Entre-temps, j'avais dit au type qu'il pouvait m'attendre à la sortie à quatre heures au lieu de cinq. À la sortie des classes, à quatre heures, il était là. Et je suis parti avec lui.

On était en voiture sur la route de Rabat à Fez, la nuit tombait vers six heures et je suis sûr que si la nuit n'était pas tombée si tôt il n'aurait pas osé me toucher comme il a fait. Il devait avoir la trentaine, c'était un jeune, très beau, d'une grande famille, il y avait le chauffeur et lui dans la voiture. À un moment, parmi les attouchements qu'il me faisait, il a glissé sa main sous mes fesses. Après, quand il a vu que je me laissais aller et que moi aussi je le touchais, il a déboutonné discrètement mon pantalon et il m'a mis la main, exactement un doigt, dans les fesses. J'étais mal à l'aise, mal assis, il me faisait mal. Il a retiré sa main. Ça m'a déplu, je crois que j'ai montré un visage un peu mécontent de ce qu'il venait de me faire, je trouvais que c'était un peu trop loin, trop vite, tout de suite j'ai redouté la nuit, la soirée, tout de suite j'avais envie de rentrer chez moi avant d'arriver chez lui. Je faisais semblant de regarder par la vitre de la voiture et lorsque je me suis quand même retourné un moment pour le regarder, j'ai vu qu'il léchait son doigt. J'ai eu peur, vraiment peur, j'ai trouvé ça répugnant, ça me donnait envie de vomir, je ne savais pas ce qui allait se passer. Il faut imaginer ça pour un enfant, un doigt, c'était vraiment dégueulasse. J'avais le sentiment qu'il était un type bizarre, dérangé d'une certaine manière, il avait un regard de fou. Ensuite, pendant tout le voyage, il m'a tiré vers lui, pas contre lui mais avec ses bras il me tenait vers lui, ses bras de l'autre côté des miens. Ça me soulageait d'un geste pareil, ça changeait de ce qu'il venait de faire de si répugnant.

C'était vraiment le soir quand on est arrivés à Fez. Je n'ai aucun souvenir des rues ni de rien du tout. On s'est retrouvés devant un portail. Le chauffeur est descendu l'ouvrir. Ce qui m'a frappé, c'est qu'à un moment le type a allumé à droite du mur et les lumières éclairaient un parc immense. Il y avait plein d'orangers. J'avais peur, je ne savais pas où aller, je n'osais pas dire « Je veux repartir tout de suite », j'ai vraiment eu une peur, une crainte. Après une allée pavée, avec mon cartable je suis entré à coté de lui dans une énorme maison. Il y avait un grand salon, somptueux, avec seulement une vieille dame qui, je crois, avait un problème d'yeux, on voyait qu'elle se donnait du mal pour voir. Elle a crié « Hamza ». Le type s'appelait Hamza, je ne savais pas, je ne lui avais pas demandé.

C'est un joli nom, je trouve. Elle priait en tenant un chapelet entre les mains. Tout de suite après, Hamza lui a baisé la main, moi j'étais là cloué, tout ce que je faisais était presque trembler de peur, il m'a donné un coup derrière le dos pour me faire signe de baiser moi aussi la main de la vieille dame. J'ai fait pareil et après on s'est dirigés vers une grande cuisine, très très grande, la plus grande que j'aie jamais vue dans une maison. Il m'a demandé si je préférais sortir ou manger là, il y avait un dîner préparé si on voulait, j'ai juste pris un yaourt, un Danone vanille je me rappelle, et je l'ai avalé très vite. Je n'avais pas faim et lui non plus, il n'a pas mangé. Après, il m'a emmené dans sa chambre. Je ne savais pas si j'avais peur, j'essayais de parler. Je lui ai demandé qui était la vieille dame. Il m'a dit que c'était sa Dada, sa gouvernante, et que toute cette maison était à lui, que son père habitait Rabat où c'était quelqu'un d'important.

Je lui ai dit que je voulais retourner, que c'était tard, qu'il fallait que je dorme chez moi. Alors il m'a dit : « Pourquoi ? Tu savais que tu venais avec moi jusqu'à Fez et que tu passerais la nuit avec moi. » Il m'a dit : « Ne crains rien. Je ne te ferai rien. » On s'est allongés au lit. Puis voilà, on parlait et je sais que je me suis endormi et qu'il m'a réveillé très très tôt le lendemain. Il m'a emmené dans la salle de bains, je me suis lavé. Il avait préparé lui-même le petit déjeuner. Ensuite, il m'a dit : « Le chauffeur va te reconduire à Rabat. » Tout à coup, j'étais content que ce soit le lendemain et que je sois encore en vie, qu'il se soit si bien conduit avec moi, que je ne me souvienne de rien de la nuit parce qu'il ne m'avait rien fait, j'avais dormi en paix. Il m'a embrassé et je suis remonté dans la voiture. À un moment, j'ai commencé à craindre le chauffeur, les regards du chauffeur dans le rétroviseur, j'essayais de regarder les paysages qui étaient effectivement très beaux. C'était une chose que je n'avais jamais faite, un voyage tout seul dans une voiture, avec le soleil qui commençait à se lever. La seule chose que le chauffeur m'a dite est : « Sidi Hamza est très gentil », il a dit « Sidi », pas « Monsieur », comme un seigneur. En arrivant, il m'a demandé : « Je te dépose chez toi ? » J'ai dit : « Non, près de l'école. » Mais j'ai tenu à ce qu'il me dépose pas trop près de l'école. Quand je suis descendu de la voiture, je jouissais de cette expérience, de ce que je venais de faire et qu'en plus j'étais vivant et j'étais bien. Ce type, je ne l'ai jamais revu. Je suis passé chez mon copain pour savoir s'il avait bien tout fait, et il avait bien téléphoné la veille chez ma tante et tout s'était bien passé. Lui, je lui avais raconté un autre mensonge, que je dormais chez un copain. Donc personne ne connaît cette histoire, à part quand je la raconte maintenant. Pourtant, quand je suis descendu de la voiture, je respirais, je me disais : « Je vais pouvoir me vanter de cette belle histoire puisque je suis intact, en plus. » Mais je sentais que la plupart des gens n'apprécieraient pas.

Mon grand-père avait un rapport assez spécial avec moi. Il m'aimait beaucoup. Dans notre relation, le toucher était important et sensuel, du moins je le voyais comme ça. Le garçon à qui j'avais fait cette lettre sans que ça marche ni qu'il le prenne mal, Younès, un jour m'a ramené à la maison à la sortie du collège. Et mon grand-père est arrivé, je ne le savais pas du tout, il avait décidé de venir et voilà. J'étais toujours content quand quelqu'un venait à la maison, c'était une surprise, une fête pour moi — mais ce n'était pas du tout une bonne surprise pour mon père de la part de mon grand-père parce qu'ils ne s'entendaient pas du tout bien. Quand on est arrivés à la maison, Younès est entré avec moi, je l'ai fait entrer pour qu'il goûte avec moi, qu'il mange un peu avant de rentrer chez lui. Quand j'ai vu mon grand-père, moi je suis allé l'embrasser et tout de suite il ne m'a pas relâché. Je ne savais pas, quand il me voyait il me prenait et il ne me relâchait pas, il me gardait sur ses genoux, il m'embrassait dans le cou, me faisait des câlins. À part mon père qui avait des doutes, ça ne les frappait pas, à la maison. J'étais sur les genoux de mon grand-père, j'étais content, et Younès était là. Après, quand on a pris le thé, qu'on a mangé, que j'ai raccompagné Younès à la porte, j'ai marché un petit peu avec lui. Il m'a dit : « C'est ton grand-père ? » J'ai dit : « Oui, mon grand-père maternel. » Il m'a dit : « On ne dirait pas. » Il m'a dit : « Je ne sais pas, tu as vu comment il te touche. Moi, jamais mon grand-père ne me ferait ça. » Pour lui, son grand-père ne ferait jamais ça de serrer son petits-fils dans les bras de cette manière frappante qui était pour lui à la limite presque sexuelle. Moi, je lui ai dit que mon grand-père m'aimait beaucoup et que surtout il ne le dise à personne, j'avais peur qu'à l'école il décrive ce qu'il avait vu. Il n'en a jamais parlé.

Mon père détestait mon grand-père. Moi, j'aimais bien quand il me serrait. Moi, je n'avais rien contre lui. Personne ne pouvait rien dire à mon grand-père puisque c'était mon grand-père, alors il me serrait, me gardait, quand il venait dormir à la maison il voulait absolument que je dorme avec lui.

C'est arrivé que je dorme avec lui mais une fois mon père m'a sorti du lit et a dit : « Non, non, Rachid dort tout seul. » Et mon père l'a dit avec une froideur qui a fait taire mon grand-père et je crois que mon grand-père a compris ce que mon père pensait. Je ne sais pas si tout le monde savait la relation que j'avais avec mon grand-père. Parce que aussi j'étais le dernier, avec ma mère morte quand j'avais deux ans et demi, quand j'étais bébé, c'était normal qu'on déborde d'affection, qu'on soit débordé à ce point-là, qu'on soit tendre, affectueux avec moi.

Je voyais qu'il y avait quelquefois de vraie accrochages à cause de moi ou de détails de maison. Comme ma sœur était celle qui s'occupait de moi, comme c'était elle qui avait pris la responsabilité de moi aux yeux de tous sans qu'on en ait jamais parlé, ma tante, ça la rendait furieuse. À chaque fois que je faisais la moindre bêtise, c'est à ma sœur qu'elle allait le dire, mais elle allait le dire avec rancœur. Il y avait toujours des mots assez forts, entre elles, pas gentils du tout.

Une fois, on avait voyagé, on était chez ma tante, la femme de mon oncle. Dans le riad, j'entendais une dispute entre ma mère et ma sœur. Je n'avais rien entendu avant et je me souviens que ma sœur lui a dit : « C'est une famille maudite. Même mon grand-père me veut. » Apparemment, mon grand-père avait essayé de faire quelque chose avec ma sœur. Ce qui ne m'a pas étonné. Ça me persuadait que mon grand-père était bien le type que moi je croyais, qui était très sexuel, que mon père avait raison. Et là-dessus ma tante a été révoltée et de ce jour elles se sont entendues encore moins, elle a carrément détesté ma sœur. Ç'a été un moment bizarre. Je n'ai jamais osé demander à ma sœur ce que mon grand-père avait essayé de faire ou avait fait, je ne pourrai jamais. Je refuse de penser qu'il a fait quoi que ce soit. Mais, qu'il ait essayé, ça ne me dérange pas.

AMOURS

1. *Mon professeur*

Mounir est le premier vrai jeune garçon par qui j'ai été attiré. Je ne l'oublierai jamais. C'est le seul garçon de mon âge, à l'époque on avait treize ans, dont j'aie été amoureux de ma vie. Le jour de la rentrée, dans la cour, c'est lui qui m'a vraiment attiré parmi tous les élèves. J'espérais qu'il serait avec moi, j'étais encore plus heureux quand je l'ai vu dans ma classe. On était assis à côté, je me suis collé à lui. On n'avait pas parlé. À la sortie, on s'est mis d'accord pour s'asseoir toujours ensemble. Je l'adorais. Il avait une façon de s'habiller très différente de la mienne, je la trouvais plus sexy mais elle lui posait des problèmes avec les professeurs — il portait une casquette et des gants pas complets, coupés, dont les doigts étaient nus. Quand il enlevait sa casquette, il était encore plus joli car je voyais ses épis. Il avait de grands yeux noirs, une rangée de dents très blanches. J'étais tellement content d'être avec lui, c'était mon meilleur copain de la classe, que je n'adressais pas la parole aux autres qui m'attaquaient de temps en temps. Ils étaient du style à dire à Mounir (lui était beaucoup plus cool, ouvert) que moi j'étais strict, coincé. On lui disait qu'on me prenait pour son petit copain, sa petite copine. Ça ne me plaisait pas. Pas du fait que je sois son petit copain, au contraire.

Ce qui se passait entre nous, je n'y étais pas indifférent. On se touchait, se caressait en classe. Il avait toujours, souvent, sa main sur ma main, ses genoux contre les miens. C'était la seule classe où il n'y avait que des garçons, les autres étaient mélangées. Je n'étais pas trop à l'aise, j'aime bien le mélange. Je n'ai jamais accepté la proposition de Mounir de coucher avec lui. Il n'était pas amoureux, je l'étais plus, j'étais plus sentimental, plus romantique, mais j'avais peur de coucher avec lui et qu'il le dise à tous les garçons de la classe, tous mes amis, et qu'on me traite de petit pédé. Quand même, je n'étais pas tellement farouche avec lui, je me laissais faire. C'était un garçon qui dansait merveilleusement bien même si c'était la seule chose qu'il savait faire, en tout cas quand je le connaissais. C'était le cancre de la classe et certainement le plus joli, il faisait mâle déjà, un petit mâle. Il ne se donnait aucun mal pour le travail de la classe : quand il y avait un devoir à préparer à la maison, je préparais le sien. Je le faisais avec énormément de plaisir pendant que lui passait ses journées à danser le smurf qui a fait un tabac au Maroc chez les jeunes garçons et qui lui a valu un bras cassé pendant qu'il essayait une figure sur la tête. C'est moi qui portais son cartable.

On avait un professeur d'arabe très sympathique que j'aimais bien. Un jour, on l'attendait depuis cinq minutes et le directeur entre avec un monsieur, notre nouveau professeur. J'ai râlé : pas contre le nouveau, mais parce que comme tous les élèves je trouvais l'autre sympathique, pourquoi était-il parti ? Le nouveau aussi était très sympathique. Quelques jours plus tard, Mounir me dit : « Tu as de la chance avec ce professeur. Tu es le seul qui as le droit de faire ce qu'il veut, de sortir en pleine classe. » J'étais assez insupportable, je profitais de ce que j'étais le premier de la classe. C'est Mounir qui a vu la chose la plus merveilleuse que j'aie connue de ma vie : il a vu que je plaisais à mon professeur. Il m'a dit : « Ce professeur te drague, c'est évident. Il est trop gentil avec toi. » Ce qui m'a paru complètement extraordinaire, je ne l'ai pas cru sur le coup, au fond de moi j'étais peut-être convaincu. Je me suis rendu compte que c'était un professeur qui me plaisait énormément, très beau, une allure folle. C'est là où j'ai commencé à observer le regard de mon professeur sur moi. J'étais encore plus insupportable, encore plus bavard, j'allais aux toilettes en plein cours, j'avais tous les droits, j'en rajoutais, je faisais mon intéressant. Et aussi j'en rajoutais dans le travail.

Le jour où j'ai eu la certitude qu'il était attiré par moi, j'ai commencé à le tester, à espionner son comportement en classe. Comme j'étais au premier rang, c'était facile de le voir, il y avait des regards insistants, des regards très forts. J'étais très heureux. Jusqu'au jour où pour me faire taire il me prend la main. J'ai vu que ça lui plaisait aussi au ton de me dire « Tais-toi », pas oralement, physiquement, comme une caresse, un bon moment, tout en continuant la leçon. Mounir m'a dit à l'oreille : « J'ai raison, regarde ce qu'il est en train de te faire. » Il était furieux juste à côté de moi, il faisait exprès de me toucher les genoux. Il exagérait. Mounir était vulgaire. Ce n'était pas de la vulgarité mais il détestait tellement mon professeur qu'il était capable de n'importe quoi, de chantage, il avait compris ce qui se passait entre nous. Et moi j'étais rouge, je tremblais, j'étais dans tous mes états.

J'étais complètement désemparé, je ne savais pas où j'en étais, d'avoir deux garçons d'un âge si différent.

Mon professeur a réussi à me faire taire. Et son message, la caresse, est passé, reçu cinq sur cinq. Moi qui étais insupportable à me servir d'être le premier pour faire n'importe quoi, quand j'ai commencé à l'aimer, à être fou amoureux, je suis devenu le garçon timide. Dès qu'il me regardait, je baissais les yeux. Il avait des regards insistants. Et c'était réciproque. Tout se passait là. Je n'allais plus avec les autres garçons, je ne pensais qu'à lui, je travaillais plus, me donnais plus de mal pour être le premier, pour le satisfaire, lui plaire encore plus. J'ai fait attention à présenter bien proprement mes devoirs, mes cahiers, moi qui étais si bordélique dans ma manière de présenter j'ai rendu mon cahier très propre, bien souligné, bien écrit. J'ai abandonné les autres matières.

C'est l'année scolaire la plus belle que j'aie connue. Il n'y avait que lui dans ma tête, lui qui existait et puis rien. Tout le monde aimait ce professeur, c'était le plus gentil, le seul avec qui on pouvait parler, raconter des histoires, on pouvait lui poser des questions. Il adorait le foot. Dans la rue, on parlait avec lui. Moi pas. Je restais timide dans mon coin. Je marchais tout seul car j'avais envie qu'il ne soit qu'avec moi, pas encore avec eux comme en classe, qu'en dehors de la classe on soit ensemble. Un jour, un camarade vient me voir en me demandant : « Pourquoi tu ne viens pas avec nous ? Il est si gentil, ce professeur. » Pauvre garçon qui n'avait rien compris. Être seul, pour moi, c'était un appel au professeur pour qu'il ne soit *que* avec moi. Finalement, il s'est débarrassé des élèves pour venir me voir en me disant que j'étais timide, me demandant pourquoi je ne me mélangeais pas avec les autres. Et là il m'a accompagné jusqu'à l'arrêt de l'autobus qui me déposait devant chez moi. C'était la première fois qu'il allait seul avec moi. Je savais pourquoi il était venu, il savait pourquoi je l'attendais. On était incapable de se dire que je l'aimais et qu'il m'aimait mais c'était évident, l'information était passée. On n'avait pas besoin de se le dire, les regards le disaient. Je rêvais d'être seul avec lui. Et là il m'a invité : « Un jour, tu viendras avec moi », sous prétexte de l'aider a corriger les copies.

Entre-temps j'étais tout excité : j'attendais ce jour-là. Je ne sais plus si c'était un samedi ou un dimanche, un samedi je crois, un jour férié. J'étais très à l'heure. Il m'attendait devant chez lui. J'avais l'adresse et un plan très bien fait pour que je ne me trompe pas. Il m'attendait en pyjama, je n'avais pas l'habitude de le voir décontracté. J'ai pénétré dans la maison, j'ai vu tout le monde. Pour moi, tous les regards, la mère, le frère, le petit frère, ça me faisait très peur car je savais ce qui m'attendait. Et pour eux c'était un garçon qui venait prendre des cours d'arabe. Et le regard de son frère de seize ans, on a très très peu parlé, je n'étais jamais seul avec lui, chaque fois qu'il me regardait c'étaient des regards pas méchants mais c'était clair qu'il avait tout compris. On est entrés dans sa chambre. Ça a duré cinq minutes, il m'a montré des photos de lui, de quand il était tout petit, tout bébé. En regardant une photo, je me souviens, il s'est jeté sur moi, il n'en pouvait plus. Je n'en pouvais plus. On est partis dans un baiser qui était, je ne sais pas, un feu, quelque chose de très beau.

Après, il a fermé la serrure pour pouvoir continuer tranquillement. J'avais honte, on entendait la serrure se fermer, j'imaginais les regards derrière la porte. La mère avait un air froid mais gentil. Heureusement, quand on est sortis, il n'y avait plus personne. J'ai pu traverser le salon et le patio sans être gêné par les regards. Je l'aimais, j'ai commencé à être fou de lui. Et il m'aimait puisqu'il me l'a dit. Ce soir-là, en me serrant contre lui, il me l'a dit, comme ça peut se passer dans toutes les situations où on est au lit. Quelquefois, on peut le dire à cause de la situation, parce que c'est plus sécurisant, et alors que ce n'est pas vrai. Là, c'était vrai, il m'aimait, je l'aimais, avant qu'on soit au lit. Je regrette beaucoup de n'avoir pas pu passer la nuit chez lui, dans son lit de une place et demie, qui était assez grand pour un garçon de trente ans et un garçon de treize ans, comme il me le demandait. Je le regrette beaucoup mais je ne pouvais pas le dire à ma famille, c'était impossible, de peur de la réaction.

Pourtant, je ne passais pas la nuit entièrement chez moi. Chaque matin, je le retrouvais à six heures du matin. Chaque nuit, j'attendais que mon réveil sonne à cinq heures du matin pour me laver, me passer le savon, moi qui détestais le savon et me faire laver par ma sœur, et là je me lavais avec plaisir pour sentir bon, et même mes pantalons c'est moi qui les repassais et les préparais tout près de mon oreiller pour ne pas avoir à aller chercher mes vêtements dans l'autre chambre où il y avait ma sœur pour qu'elle ne remarque pas qu'il était très tôt. Chaque jour, j'étais chez lui à cinq heures et demie. Je ne sonnais pas, il m'attendait chaque fois. On ne dormait pas, on se retrouvait au lit. C'est l'année où j'ai le moins dormi, pour un garçon de treize ans je n'ai pas dormi, en plus je m'endormais tous les jours très tard en pensant à lui. On prenait le petit déjeuner ensemble. Ma famille me posait la question : où je prenais le petit déjeuner ? Je m'étais arrangé avec Mounir pour dire que j'allais chez lui. C'est moi qui avais eu l'idée d'aller chez mon professeur. On partait pour l'école ensemble mais on se séparait dans la rue pour ne pas se faire remarquer.

Je n'ai jamais souffert du manque de sommeil. Une fois je me suis levé a une heure du matin en croyant qu'il était six heures. Et là mon père se lève et me dit : « Où vas-tu ? Il est tôt. — Ah non, c'est l'heure. » Il n'a pas fait attention, je suis sorti. J'ai attendu pendant une heure à l'arrêt d'autobus qui me protégeait parce qu'il pleuvait des cordes. J'étais très bien habillé, tout en blanc, avec des moufles blanches aussi que j'adorais. Et après un certain temps j'ai compris qu'il était effectivement très tôt, le milieu de la nuit. En rentrant j'avais une trouille terrible, très peur des diables, car je croyais aux fantômes et aux diables, je n'osai pas sonner tout de suite en rentrant de peur que mon père râle. J'avais peur aussi que mon frère gueule, il avait l'habitude de gueuler. Et quand mon père m'a ouvert, il a regardé le réveil : deux heures et demie du matin. J'étais tombé dans la boue qui avait tout dégueulassé mes vêtements blancs, je courais, je marchais, j'avais peur, il y avait un chien qui me suivait, pas méchant, lui le pauvre avait aussi peur que moi, tout trempé sous la pluie, j'avais peur. J'ai remis mon pyjama. Je me suis reréveillé à quatre heures. Du coup, cette nuit-là, j'ai dormi jusqu'à dix heures. J'ai raté aussi les cours. En fait, c'est à partir de ce jour-là que j'ai eu un réveil pour moi. Avant, je me réveillais comme ça.

À un moment, j'ai cru que Mounir m'avait trahi et avait dit à toute la classe que je couchais avec mon professeur. Mais non, ils avaient tous compris sans qu'il ait rien dit. Ils se moquaient de moi avant qu'on entre en classe, quand ils voyaient passer mon professeur ils me taquinaient. Ils me faisaient des propositions mais chacun son tour, jamais en groupe, ils discutaient avec moi, aucun ne m'a jamais fait comprendre que c'était du chantage. Je n'ai jamais senti que c'était méchant ou agressif. Ils voulaient juste coucher avec moi comme ça se passe au Maroc quand il y a un plutôt joli garçon dans une classe, on lui répète qu'il est mignon jusqu'à ce qu'il craque et accepte de se faire enculer, et là ils pensaient que ce serait encore plus facile puisque j'étais déjà le petit ami du professeur.

Un dimanche, mon professeur avait programmé une sortie avec toute la classe. Le matin, je me suis levé à cinq heures car il avait donné rendez-vous à sept heures. C'était un bonheur, un vieux est passé dans la rue à vélo, il m'a déposé avec son vélo. Je n'avais pas peur du tout car il avait une bonne tête, je me sentais en confiance avec lui. Il n'arrivait pas à comprendre ce qu'un garçon de cet âge faisait dehors à cette heure-ci. Je suis arrivé avec mon petit sac à dos et mes sandwichs. J'étais toujours en avance. Ça a été une horreur que sa copine soit là. Je la détestais. Elle avait l'air bête. Elle se maquillait trop. Je ne la trouvais pas belle du tout. Je la méprisais. Lui non plus ne l'aimait pas. Ce jour-là elle a compris son malheur, que la sortie n'était qu'un prétexte pour qu'on soit ensemble lui et moi. Comme elle était d'une grande famille, proche de la sienne, il fallait qu'il se marie, en bon Marocain il devait aller avec une femme. Il n'en était pas amoureux. Il n'était pas du tout pédé, j'étais le seul garçon de sa vie. Dans la rue, je l'observais par jalousie. Il ne regardait pas les autres garçons mais les femmes, c'était un homme à femmes. On avait la main dans la main, comme si on draguait. Je n'étais pas jaloux. S'il était avec un garçon c'était avec moi, sinon il serait allé avec des femmes mais j'étais complètement étranger aux femmes, au contraire j'aurais bien voulu le voir draguer des femmes parce que j'étais fier de penser qu'il n'y avait que moi, comme garçon, qui pouvais aller avec lui, qui lui plaisais.

Les garçons ont eu leur dimanche de foot. Ils ont formé les équipes. On ne m'a pas proposé de jouer, un petit pédé féminin ne peut pas maîtriser le ballon. Je ne le prenais pas mal car je me foutais de leur gueule en les voyant jouer en y prenant plaisir, je me disais : « Ces crétins, c'est grâce à moi qu'ils sont là à jouer au foot. » Tout était fait pour moi, ce dimanche m'était consacré. Sa copine était arrangée comme d'habitude, il fallait qu'il l'amène, le dimanche était le seul jour où il la voyait. Depuis qu'on se connaissait, on était tous les trois chaque dimanche. Elle m'a détesté tout de suite de peur que je prenne sa place.

Ça a été un affreux dimanche. J'étais tout seul dans mon coin et je voyais le frère qui allait venir, je le sentais depuis le début de la journée, et qui m'a dit avec son air ni gentil ni méchant « Il paraît que tu es le premier en arabe. » Et il a ajouté : « Je ne vois pas l'utilité de venir chez mon frère pour prendre des cours. » Je ne pouvais rien répondre, je suis parti. Il a dit ce qu'il voulait, que je l'accompagne laver des verres dans les toilettes d'un camping à côté. Je savais qu'il attendait quelque chose de moi vu qu'il n'y avait que deux verres à laver, je ne comprenais pas pourquoi je devais l'accompagner. J'ai dit : « Oui, d'accord » car j'avais peur, je ne pouvais pas dire « Non ». Dans les toilettes, il s'est jeté sur moi, il m'a plaqué contre le mur. Il était fort et avait une odeur très forte, désagréable, quoiqu'il était beau. Il me disait : « Je sais ce qui se passe entre toi et mon frère. Si tu es fort, puisque tu arrives jusqu'au professeur, eh bien tu peux faire l'amour avec moi aussi. » Je ne pouvais pas me défendre, dire « Non, ce n'est pas vrai », je me suis effondré en larmes. Sur le coup, il a eu peur. Il m'a dit : « On arrête. N'en parle à personne. » C'était un gentil con.

Mon professeur ne savait pas s'il devait être avec moi ou avec sa copine. Je savais qu'elle était sa copine mais que j'étais son petit copain. Je bandais. Il faisait des aller-retour entre nous. À un moment on était ensemble et je lui ai touché la main, à mon professeur, et elle était en face et elle a tout vu. Elle a vite compris, elle a fait la gueule aussi. On était en silence tous les trois. Les élèves étaient joyeux, pour eux c'était une journée réussie. Mounir avait gagné le concours de Rabat de smurf et il se fichait du foot, donc il n'était pas là. Ça aurait changé beaucoup, ça aurait été pour moi un soulagement s'il était venu. Je me sentais protégé par Mounir. Il m'aimait beaucoup et c'était réciproque.

Il y a eu le jour où j'ai cru que j'allais le perdre, qu'on ne pouvait plus être ensemble. Un après-midi où on était chez lui, après avoir fait l'amour il s'est mis à corriger des copies. Moi, je lui faisais des bisous partout derrière le dos. Tout à coup il s'est transformé, il est devenu complètement froid. Il fallait qu'il me dise une chose importante : « Tu ne devrais plus faire ça. Un garçon doit s'intéresser aux filles pour devenir un homme. On ne devrait plus se voir. » C'était une catastrophe. On s'était séparés en se serrant la main, pas en se faisant la bise. J'ai compris qu'il était sérieux. Je suis rentré chez moi. Je pleurais. Je ne pouvais pas arrêter de pleurer. Je ne sais plus ce que je leur ai dit, que j'étais malade, que j'avais mal je ne sais où, c'était un prétexte pour qu'on me laisse pleurer tranquillement. Les autres y ont cru mais pas mon père qui est venu dans ma chambre pour me dire : « Je ne sais pas pourquoi tu pleures, mais je suis sûr que c'est pour quelque chose ou quelqu'un, pas parce que tu es malade. » Je ne l'ai pas pris méchamment, ça m'a même fait plaisir. À partir de là, j'ai cru qu'il était complice.

Il se demandait ce qui s'était passé dans la vie d'un petit adolescent. Lui avait toujours compris que j'étais fait pour les garçons, pas pour les filles. On n'en a jamais parlé. C'est la personne la plus complice de la famille, plus que ma sœur qui le sait, à qui j'en ai parlé, qui sait tout. Toute ma famille est au courant de ma vie actuelle avec Antoine. Mon frère connaît Antoine, mon père n'a jamais voulu, par jalousie je crois. Ça dure depuis cinq ans, je l'ai connu juste après mon grand professeur.

Le lendemain du jour où mon professeur m'avait parlé comme ça, à la fin des cours il m'a dit : « Je vais quitter la classe, et même l'école. » C'était une claque pour moi, qui m'a figé, m'a laissé en larmes. Immédiatement, il a regretté en me prenant encore une fois la main pour me faire arrêter de pleurer.

J'ai gagné encore une fois car c'était devenu la certitude pour lui, il voulait savoir si je l'aimais car il m'aimait. J'ai fait comprendre que je l'avais mal pris. Je refusais d'aller à ses cours, j'étais fâché. Il a envoyé des élèves venir me chercher pendant que j'étais à un autre cours, venir me dire d'aller l'attendre à la sortie. À aucun appel je n'ai répondu. Jusqu'à ce qu'il vienne lui-même chez mon professeur d'histoire et géographie en me disant que je devais l'attendre à la sortie. J'ai refusé devant tout le monde. Ça a fait un chahut pas possible, les élèves jubilaient de voir un professeur qui se faisait refuser. Il est venu en me prenant par le bras brutalement, me sortant de la classe (le professeur d'histoire et géographie ne comprenait rien) juste pour me dire : « Je t'aime. Attends-moi à la sortie. J'ai besoin de toi. » Je l'ai attendu. On a beaucoup marché. Il m'a annoncé qu'il s'était séparé de Mounia, sa fiancée. Et là il a eu un sourire réjouissant. On ne le partageait pas, il était entièrement pour moi. On a fini chez son meilleur ami, il m'a fait comprendre que ce n'était plus possible d'aller chez lui, la famille était au courant, la fiancée l'avait traité de pédé. On se retrouvait chez son ami pour faire l'amour.

À la fin de l'année scolaire, tout d'un coup j'ai décidé de ne plus le voir. Parce que j'avais peur, j'avais cru qu'il était avec moi par habitude, parce qu'il n'avait pas de filles, pour moi ce n'était pas un pédé. Il ne savait rien sur ma famille, ni ou j'habitais ni rien, ce qui m'arrangeait. Ce n'était pas facile pour moi de ne pas le voir. J'ai souffert. J'ai été quinze jours sans le voir. Un jour de fête, j'étais absent, parti avec mes cousins pour la journée. Quand je suis rentré, ma sœur m'attendait à la porte pour me dire : « Il y a ton professeur ici, je pense que c'est celui dont tu parlais tant. » J'ai demandé à ma sœur de faire comme si elle ne m'avait pas vu, pour que je reste dans la rue jusqu'à ce qu'il parte. Mais mon père sort et m'appelle à toute voix, « Rachid », tellement il était content de voir un professeur venir chercher son fils considéré comme le meilleur élève de la classe, c était le prétexte qu'avait pris mon professeur pour venir me voir. Il y avait ma mère, mon frère, ma sœur, et devant eux je ne pouvais pas lui faire la bise, ça me semblait trop. J'ai tendu la main pour lui serrer la sienne. Et lui m'attire vers lui et m'embrasse devant tout le monde. J'avais honte, très peur, surtout de mon frère qui m'a toujours fait peur, lui avait compris la chose. Tout le monde nous a laissés tranquilles. Mon père est sorti, ma mère est allée dans la cuisine, on est restés tous les deux.

Je lui ai demandé tout de suite qu'on s'en aille, et comment il avait trouvé mon adresse. Il m'a dit qu'il l'avait achetée. L'école était une école privée où on ne l'avait pas payé depuis trois mois, il a proposé de racheter l'adresse, de l'échanger contre son salaire. Il râlait quand même parce que dans la rue il avait perdu son portefeuille et ne se souvenait pas de l'adresse par cœur. Mais il avait fini par trouver. On a été chez lui, il m'a emmené. C'était un jour de fête pour moi, c'était la première fois où je suis resté dans le salon car j'étais invité. Il faisait comprendre que j'étais vraiment son petit copain et qu'il n'en avait rien à foutre si tout le monde savait que je venais un jour de fête hors année scolaire, sans le prétexte des cours. Pendant que tout le monde était occupé par le mouton qu'ils étaient en train d'égorger, on en a profité pour aller dans sa chambre et on a fait l'amour intensément. Et dans ses bras j'étais frileux, il ne comprenait pas pourquoi. Je tremblais. Et je sentais un liquide qui sortait de mon sexe. « Je ne sais pas ce que j'ai, je ne sais pas ce que j'ai », dis-je à mon ami. Et lui entre entièrement dans les draps et me dit : « Laisse-moi regarder. » C'est la première fois que j'ai joui. Ça y est, j'ai eu ma puberté. C'était merveilleux. Et je crois que ça lui faisait encore plus plaisir qu'à moi. Il était très content. Je ne suis pas rentré chez moi ce jour-là, j'ai été absent tout l'après-midi, toute la nuit. On a passé la soirée au restaurant, pour lui c'était une nouvelle magnifique, j'ai eu droit à tout, une glace au chocolat, tout. D'habitude il n'était pas question de dormir avec lui et cette fois on ne s'est même pas posé la question, il était venu me chercher et j'étais parti avec lui, c'était évident que je n'allais pas rentrer de la nuit.

Le lendemain, on est rentrés tous les deux chez mes parents en leur demandant si je pouvais l'accompagner à Tanger pour un mois. Mon père ne pouvait rien dire, il a accepté. Heureusement que je n'étais pas une fille, ça aurait fait un scandale, on aurait pu le tuer. J'ai de la chance d'être un garçon. Mon frère était contre que je parte mais il ne pouvait rien dire non plus. Mon professeur était tellement extravagant, savait si bien profiter de la situation, que mon père a accepté. Je ne pouvais pas rester. J'ai fait ma valise tout de suite. Normalement, on devait partir deux jours après. J'ai demandé à mon professeur de rester une heure. J'avais peur que mon frère, en deux jours, fasse tout capoter. J'avais envie de partir immédiatement avec mon professeur et on est partis.

Sa famille lui avait acheté une voiture, une Fiat 127, c'est-à-dire qu'il y avait mis ses économies et sa mère l'avait aidé. On est partis tous les deux dans la Fiat, rien que tous les deux. On est allés chez des amis à lui, un jeune couple. Ils avaient une cabane tout près de la plage où je passais des journées, là et sur la plage où j'ai fait connaissance avec des voisins, une fille et un garçon à peu près du même âge que moi. On s'est tout de suite bien entendus. Je partais le matin très tôt retrouver la fille et le garçon, je rentrais vers trois heures pour manger et je restais faire la sieste avec mon professeur. Là il s'est passé quelque chose.

Un soir, mon professeur m'a dit : « Est-ce que je peux te laisser chez des voisins pour que tu passes la nuit chez eux ? Je dois sortir avec des amis en ville. » C'était mieux que je n'aille pas avec lui, sous prétexte que j'allais m'emmerder avec des gens qui boiraient et fumeraient. J'aurais dû y aller. Je n'ai pas été passer la nuit chez les voisins, j'avais envie de dormir seul, de l'attendre. Vers trois heures du matin, ils rentrent tous, ils étaient quatre, normalement ils auraient dû être trois. Mon ami était accompagné. Par une femme. J'ai fait semblant de dormir. Il était ivre. Il a vu que j'étais là, il m'a fait un bisou et la femme lui a demandé : « Mais c'est ton fils ? — Non, c'est un ami. » J'ai tout entendu. Je me suis glissé dans les draps. La chambre était trop petite pour que je n'entende pas. Ils ont fait l'amour. C'était affreux d'entendre tous ces cris, ses cris à elle. Je ne voyais rien parce que c'était sombre.

Le matin, je me suis levé très tôt, avant tout le monde, pour retrouver mes amis. On est allés vers les dunes mais j'observais la cabane de loin pour voir s'ils s'étaient réveillés. Et tout d'un coup je suis parti, j'ai arrêté de jouer avec eux. Tout le monde me traitait de garçon incapable de rester seul sans mon frère parce qu'ils croyaient que c'était mon frère et je ne pouvais pas dire que c'était mon professeur. Je partais, ils me traitaient de mauvais joueur, de petit qui ne peut rien faire sans son frère. Je suis revenu pour leur dire : « Ce n'est pas mon frère, c'est mon professeur. » J'avais envie de provoquer, j'étais tellement énervé. J'ai dit : « C'est mon professeur et je l'aime, il faut que vous le disiez à vos parents. » Ils n'ont rien répondu. Ils m'ont regardé les yeux grands ouverts.

Je suis rentré, et quand j'ai vu la fille, elle était vraiment belle. Ils avaient l'air amoureux. Je faisais la gueule, j'étais méchant avec elle, surtout quand j'ai compris qu'elle allait rester ici avec nous. Elle voulait s'approcher de moi, jouer avec moi. J'étais distant, je lui envoyais des vannes méchantes. Dans l'après-midi, on était tous les deux avec mon ami dans la chambre pendant qu'elle bronzait. Il était allongé et moi sur lui. On ne faisait pas l'amour. Ça lui faisait du bien parce qu'il avait un peu mal au dos. À un moment, elle nous a surpris. Elle rentre. Elle a dit : « Est-ce que je gêne ? » Elle n'était pas bête du tout. Et moi, méchamment, j'ai dit : « Oui, tu gênes et tu sors d'ici. » On a fermé la porte et on a fait l'amour. C'était la première fois qu'il avait envie de me prendre. Je ne pouvais pas, ça m'a fait trop mal. Je pleurais parce que j'avais envie de le satisfaire. J'avais envie de le satisfaire et que me faire l'amour lui fasse comprendre qu'il n'avait pas besoin de la fille.

Il avait flashé sur elle, elle lui plaisait beaucoup. Le soir, j'étais dehors, eux dans la chambre. Elle lui demandait : « Est-ce qu'il ne peut pas aller dormir chez des voisins ou tes amis à côté ? » Ils voulaient se débarrasser de moi tous les deux. Mon ami lui a dit : « Je le ramène à Rabat. » Je n'ai pas dormi, je suis allé chez les voisins juste à côté qui étaient affolés en me voyant pleurer, se demandaient ce qui se passait. Je leur disais : « J'ai envie de rentrer à Rabat », ce qui n'était pas vrai. Deux jours après, il m'a ramené à Rabat. Je refusais de parler dans la voiture, pendant toute la route. Je suis rentré chez moi. Et là j'ai commencé à regretter Mounir qui m'avait proposé d'aller passer les vacances chez ses grands-parents. Lui téléphoner a été la première chose que j'ai faite en arrivant à Rabat. Ça m'a fait plaisir de voir qu'il était toujours là, il n'était pas parti sans moi. Mais il avait renoncé à son voyage à la campagne. Il m'a insulté au téléphone, il m'a traité de pédé et de fille.

Et là j'avais envie de retrouver une autre personne, pas de rentrer chez moi. J'étais trop triste. J'ai demandé à mon père s'il pouvait m'emmener chez ma tante à la campagne, dans le Sud-Est. Il m'a mis dans le car. Je partais tout seul. Je suis arrivé chez ma tante. C'était une grande famille, elle était mariée avec un juge, un grand homme de soixante-dix ans qui me fascinait. Il venait d'une famille noble, c'était un homme à femmes, un homme qui a eu énormément de femmes dans sa vie, trois sont restées avec lui, ma tante était la dernière et la plus jeune. Elle m'aimait beaucoup et, à mon arrivée, il a égorgé un mouton, pour moi. C'était un homme que j'adorais et j'adorais m'approcher de lui, être contre lui. Le dimanche, il y avait le marché. Il avait une calèche somptueuse avec deux chevaux noir et blanc. Ils avaient un petit palais, des remparts tout autour, il habitait dans une maison et les trois femmes avaient chacune la leur à l'intérieur du domaine. Chaque nuit, c'était le tour d'une femme avec ses enfants. C'était extraordinaire, la vie de ces gens-là, et elle me fascinait. Le dimanche, les femmes s'habillaient très bien, c'était le seul jour où elles avaient à faire dehors, le reste du temps elles ne sortaient jamais. La plus belle était celle qui était entre ma tante et la plus vieille. Elle était mal acceptée, la plus méprisée parce qu'à l'origine c'était une prostituée. Les femmes ne l'accompagnaient pas dans la calèche, seul lui y montait, il avait une allure folle avec une cape et un turban blancs, une barbe poivre et sel. Moi, je pouvais y monter avec lui. Il m'aimait beaucoup. On faisait le marché. Au retour, il se mettait dans le patio.

On installait toutes les provisions sur une grande table en céramique près du puits et les femmes partageaient les légumes, la viande et l'huile en trois.

J'ai passé de très bonnes vacances chez eux même si j'aurais préféré être avec mon professeur qui les a finies avec cette fille. On s'est retrouvés quand je suis rentré. La fille était restée là-bas. J'ai quand même appris par lui qu'ils s'écrivaient, se téléphonaient. C'était évident qu'il était amoureux d'elle, il parlait d'elle tout le temps en essayant de me convaincre qu'il fallait qu'elle soit là, dans sa vie. Les rapports entre nous n'étaient plus comme avant. Je ne pouvais rien faire, j'étais triste, je pleurais tout le temps, même quand j'étais avec lui. Je n'avais que lui. Et j'étais bien au lit avec lui. Il n'avait pas changé, il m'aimait toujours. Mais j'ai vu que maintenant c'était finie sa période pédé, c'était un hétéro, il ne pouvait plus m'aimer moi personnellement, le seul et dernier garçon qu'il ait connu.

À la rentrée suivante, j'ai change d'école. J'étais séparé de Mounir qui avait voulu venir mais il avait échoué à l'examen d'entrée et était resté dans l'autre école. Le jour de la rentrée, j'avais hâte d'aller en classe. J'étais très bien habillé, on aurait dit que j'étais invité à une soirée. Le premier cours le matin était avec le professeur de français. J'attendais l'après-midi car, sur l'emploi du temps, j'avais vu que, de trois à cinq, on avait le professeur d'arabe. Puis le cours d'arabe a été fini et j'étais déçu. J'étais avec un groupe de mes nouveaux camarades de classe qui disaient : « Il a l'air con, ce professeur d'arabe. » Ils critiquaient, comme souvent. Et moi j'ai répondu : « De toute façon, il est moche. » J'avais eu l'impression que j'allais rencontrer un autre professeur, et j'étais profondément déçu. Je ne l'ai pas attiré, ce professeur. Tant pis, parce qu'il était moche et pas très sympathique. Au fond de moi, sans le savoir, j'avais l'impression que j'étais à la recherche d'un nouveau professeur. J'étais naïf, un enfant.

Le fait d'avoir eu un professeur dans ma vie avec qui j'avais eu une relation amoureuse qui était quasiment finie, physiquement, ça me faisait chercher ailleurs. Je n'ai pas cessé de voir mon professeur qui ne comprenait pas pourquoi je continuais à voir Mounir. Pour lui, Mounir était un con qui le détestait. Mais ce qui m'intéressait était de le rendre jaloux en lui disant que je couchais avec Mounir. Et en fait j'ai couché avec Mounir. Sa mère nous a surpris au lit. Ça ne l'a pas choquée du tout, elle est sortie de la chambre en nous traitant de petits voyous, gentiment. On ne faisait pas vraiment l'amour, on se couvrait de caresses et de baisers. Pendant deux années scolaires, j'ai cherché toujours un professeur.

Mon professeur était parti sans que je le voie, il l'avait fait exprès, en me laissant une lettre. Qui a été lue par mon frère. Il se doutait de ce qu'il y avait dedans. Il m'a enfermé dans la chambre pour m'obliger à la lire. À la fois j'étais soulagé et ça m'a fait mal. Avant il se doutait, mais son regard me tuait : là, tout devenait clair. Mon frère disait toujours : « Je ne me marierai jamais tant que Rachid n'aura pas grandi. » J'étais amoureux de mon professeur et mon frère m'aimait mais il n'aimait pas ce que je devenais, que j'aime les garçons, les hommes. Il me surveillait. Au Maroc, à dix-treize ans un garçon est très protégé par sa famille, mais à quinze ans il peut faire ce qu'il veut, c'est très différent d'en France. Pour mon frère, même quand j'ai eu quinze ans je n'avais pas assez grandi puisqu'il vient juste de se marier quand j'ai eu vingt et un ans.

À cause de cette lettre mon frère est parti, il s'est fâché avec la famille. Car à mon tour je lui ai laissé un mot dans sa chambre comme quoi il devait foutre le camp, que tout le monde serait très content qu'il s'en aille de la maison. J'ai écrit avec ma main gauche pour qu'il ne reconnaisse pas mon écriture. Il est venu le matin, m'a réveillé brutalement, il m'a sorti de mon lit. En me giflant, il m'a dit que c'est moi qui l'avais écrit. Je n'ai pas avoué. Il n'avait pas besoin que j'avoue. Pour faire le malin, il m'a fait écrire pour reconnaître mon écriture, et il a vu que j'étais le plus malin. Et, en écrivant, je reçois une claque. Mon père a gueulé que mon frère n'avait plus le droit de m'approcher, de me faire de réflexions. Et lui a été dur avec mon père, il l'a traité d'homme incapable d'éduquer ses enfants. Mon père était hors de lui, il l'a foutu dehors. Et, comme mon frère était prêt à partir, il a pris ses valises et est resté un ou deux mois dehors. J'étais triste comme souvent je l'étais, pour la lettre. Et j'avais un peu mauvaise conscience que mon frère ait quitté la maison à cause de moi.

Mon professeur était parti dans le Nord faire un stage qui lui permettrait de devenir professeur de deuxième cycle. Pendant les trois ou quatre premiers mois, il n'est jamais venu à Rabat. Je recevais de temps en temps des lettres où il me disait qu'il m'aimait. Je l'aimais aussi, je savais que j'avais besoin de lui, c'était mon meilleur ami, je pouvais compter sur lui. Le côté physique ne me manquait pas. Je ne pensais plus à ça, à vrai dire, avec lui. Et j'ai compris que notre relation était paternelle. Il aimait bien me considérer comme un fils. D'ailleurs, c'était un rêve, un jour je serais capable de sortir de chez moi et je pourrais vivre avec lui. Mais toujours à trois, évidemment, toujours avec une femme, puisqu'il avait envie de se marier.

Je n'ai jamais reparlé de mon professeur avec ma famille. Je vis à Marrakech, maintenant, mais, il y a quelques mois, je suis retourné à Rabat voir mon père qui sortait de la clinique. Il était très très malade. Tout le monde me disait qu'il était tombé dans les pommes mais on ne me précisait pas sa maladie, et moi je me doutais que c'était quelque chose de grave. J'étais seul avec lui, il était allongé sur son lit, je lui parlais un peu mais je n'avais pas envie de le déranger, je ne voulais pas non plus risquer de le blesser en lui demandant quelle était sa maladie. C'était une situation un peu difficile, à un moment j'ai pleuré. « Pourquoi tu pleures ? » m'a demandé mon père. J'ai répondu que je pensais à ma mère, qui est morte quand j'étais bébé et sur qui je n'avais jamais pleuré de ma vie puisque je ne l'avais jamais connue. Pour lui, c'était faux. Il a bien compris que c'était à cause de sa maladie. Il m'a dit : « Tu n'as pas à te cacher, je préfère que tu pleures sur moi plutôt que sur ta mère. Ta mère est un prétexte que tu prends pour pleurer parce que tu crois que je suis malade, comme, il y a huit ans, tu as prétendu être malade juste pour pleurer à ton aise ton professeur. »

2. *Antoine*

J'ai connu Antoine en allant à l'école. Il fallait prendre l'autobus. Ce jour-là, je me suis dit que j'allais garder de la monnaie et irais à pied ou en me faisant déposer par quelqu'un. À un feu rouge, j'ai fait de l'auto-stop. Il y avait plusieurs voitures. Antoine n'était pas au début de la file mais vraiment au fond, derrière. Il m'a fait signe de monter dans sa voiture. Je suis monté. Il m'a proposé de faire un tour. Comme je n'avais pas spécialement envie d'aller à l'école, j'ai fini chez lui, à l'extérieur de Rabat, au bord de la plage. Il n'a pas hésité à me sauter, pas à me violer, à me sauter dans le salon, alors que la bonne pouvait tout voir de la cuisine. Au point où il en était il pouvait faire le pire, puisqu'il manquait une réunion officielle très très importante qu'il avait lui-même organisée pour me voir.

On a baisé, ce qui est toujours le cas avec Antoine : on ne fait pas l'amour, on baise. J'avais trouvé ça drôle. C'était une autre façon de se comporter, pas comme celle de mon professeur. Antoine est un câlin mais en dehors du lit où ça ne dure jamais plus d'un quart d'heure. Il était question qu'on se voie une semaine plus tard là où il m'avait déposé, près de chez moi. J'en avais envie. Deux jours avant le rendez-vous je suis allé chez lui, j'espérais retrouver la maison. Il fallait prendre l'autobus jusqu'au village et se taper quatre ou cinq kilomètres à pied. Je l'ai attendu devant chez lui. J'avais très peur de me faire engueuler. Pendant que j'attendais, sa bonne me mettait en garde contre lui, elle me disait : « Attention, tous les garçons qui viennent chez lui ont appris à fumer et à boire. » Ça aussi, je trouvais ça drôle. Je me suis dit : « Au moins, je suis accepté par la bonne. Elle ne m'a pas envoyé faire foutre. » J'étais au portail quand Antoine est arrivé avec un collègue à lui, le seul avec qui il s'entendait car il était également pédé. Dès qu'il m'a vu, son copain lui a dit : « Ce garçon, il faut absolument l'appeler Bichon. » À partir de ce jour-là, le prénom Rachid a disparu pendant presque quatre ans. Tout le monde m'appelait Bichon, Antoine, les amis d'Antoine, ses enfants.

Ses enfants, Elsa, l'aînée, qui a trois ans de moins que moi, et Nathan, qui a deux ans de moins qu'elle, ce sont des gens avec qui j'ai grandi. Ce n'était pas facile, au début. Il n'y avait pas que moi qui étais avec Antoine. Il y avait Hicham dont Antoine était fou amoureux, et je voyais que les enfants étaient proches de ce garçon. Je l'ai appris comme ça, dans la conversation, le mot « Hicham » revenait, les enfants demandaient des nouvelles de Hicham, un garçon que j'ai connu quelques mois plus tard. Mais Antoine m'avait prévenu qu'il tenait à ce garçon, et qu'il m'aimait. Je crois qu'au début c'était plus pour me faire plaisir, parce qu'il voyait que j'étais amoureux de lui. Il n'y avait aucun garçon, en tout cas pas Hicham, qui disait à Antoine : « Je t'aime. » Il aimait ça. J'étais là, je me suis accroché, je suis venu, revenu. Plusieurs fois lui n'est pas allé aux rendez-vous. À l'époque, Hicham parlait mieux le français que moi. En plus de ma grande timidité, je parlais mal le français, j'avais un français de petit écolier.

Un an plus tard, Antoine a déménagé dans le centre de Rabat où il était proche pour moi. La relation avec Hicham commençait à se dégrader. Hicham le fou prenait les clés de sa voiture pour sortir avec ses copains, il emmenait des filles boire chez Antoine, se permettait vraiment des choses avec ses copains. Antoine profitait de quelques-uns. De temps en temps, Hicham piquait de l'argent. J'ai commencé à être moins timide. Je faisais des phrases entières en français. Les enfants commençaient à sympathiser avec moi. Jusqu'au jour où je me suis retrouvé avec les clés d'Antoine. Ce déménagement, du bord de la mer à Rabat, a changé pas mal de choses. Avant, Antoine était vraiment loin du centre, souvent il ne rentrait pas pour déjeuner, seulement le soir pour dormir et alors une fois pour toutes, après il ne ressortait plus. Maintenant qu'il était plus près, je le voyais plus souvent. Et il en a eu complètement ras-le-bol de Hicham. Malgré l'amour qu'il avait pour lui, il ne supportait plus ce garçon qui le volait tout le temps. Il était fou de Hicham mais ça devenait une relation paternelle. Il ne se laissait pas faire. Un jour où Hicham lui avait pris sa voiture, Antoine l'a poursuivi avec une autre voiture jusqu'à lui faire une queue de poisson à un carrefour pour le forcer à s'arrêter et à descendre de la voiture, et il lui a cassé la gueule. J'étais là.

Il y avait un autre garçon qu'Antoine fréquentait, gentil, très foncé de peau, il a hésité entre lui et moi. Je crois qu'il a bien fait parce que, dernièrement, ce garçon est revenu à Marrakech, et Antoine a passé la journée avec lui pendant que j'étais à Rabat. Il m'a dit qu'il s'était emmerdé et avait pensé : « J'ai bien fait de choisir Rachid. » Ça m'a fait plaisir et pas plaisir à la fois, parce que quand on fait un choix c'est comme si les deux personnes étaient égales, et moi je trouvais que je n'étais pas égal à quelqu'un d'autre.

Pendant un mois, Antoine n'avait pas sa bonne. On a vécu sans et je crois que rentrer de son travail et trouver une maison propre où tout est à sa place et où un garçon fait ses devoirs en face de la porte lui a plu. Ça a joué pour qu'il me garde. Hicham commençait à disparaître petit à petit. Et même lui, quand il venait chez Antoine il venait chez Antoine et Rachid, pour Hicham je n'étais pas Bichon. Un jour, il était passé pour montrer son uniforme : il était devenu gendarme. Il était tout fier, finalement, d'avoir une situation stable. Et Antoine était fou de joie, ça lui faisait énormément plaisir, avec tout le côté qu'il y avait maintenant de paternel dans ce lien. Hicham avait beaucoup parlé ce soir-là. Tout d'un coup il a dit à Antoine : « Avec Rachid, tu peux rester, les autres ce sont des petits cons. Tu peux faire confiance à Rachid. » Ce soir-là, j'étais content. J'ai gagné. J'étais plus jaloux des autres garçons que de Hicham, lui je le respectais, j'étais venu après, je comprenais qu'Antoine soit amoureux de lui, c'était un bon garçon malgré ses défauts comme piquer la voiture, intelligent.

Antoine est devenu réellement amoureux de moi, il m'aimait, faisait plein de projets avec moi, voulait vivre avec moi. Et on vivait ensemble. J'étais étonné. Je me disais : « J'ai bien fait de m'accrocher », plutôt que de le perdre, au moment où il n'était pas amoureux, quand c'était dur, il m'avait fait beaucoup souffrir. J'avais toujours l'impression que je ne correspondais pas à ses fantasmes. Sexuellement, je n'étais pas formidable. Lui aimait baiser avec deux garçons, trois, des qui s'en foutent, qui ne posent pas de questions. Alors qu'avec moi il a compris que c'était impossible. J'ai le souvenir d'un jour où j'ai débarqué très tôt, quand il habitait très loin de Rabat, et, en arrivant, à travers le portail, j'ai vu plusieurs garçons — des amis de Hicham, des copains d'Antoine — qui jouaient dans le jardin avec le tuyau d'arrosage, faisaient les fous. Un garçon a appelé Antoine pour qu'il vienne me voir. J'ai trouvé qu'il a mis du temps, c'était évident que je le sortais du lit. Je me suis énervé et je suis parti.

Notre relation n'a pas évolué comme ça se passe d'habitude, quand il y a un moment où on se dit « Je t'aime » et on donne les clés à l'autre. Antoine et moi, ça s'est passé si naturellement que je ne me rappelle même plus comment tout à coup j'ai eu les clés de la maison. Si, un jour je suis arrivé chez lui en pleurant. Mon père m'avait donné une claque, c'était la première fois qu'il faisait ça, parce que j'avais eu une mauvaise note en math. Il m'avait engueulé, je l'avais presque insulté, je n'avais pas été bien : mon père m'avait foutu dehors mais je savais où aller, chez Antoine. J'y suis allé et je pleurais, alors il a eu de l'affection pour moi. J'ai passé trois jours sans rentrer chez moi, j'ai habité chez lui et j'ai eu les clés. On a eu une vraie vie de couple, que ce soit un couple paternel ou amoureux : tous les matins il me réveillait et m'emmenait à l'école.

J'avais une hantise, c'était qu'à l'école on me pose des questions, on me demande qui était ce Français qui venait me déposer. Toutes les classes étaient au courant et tout le monde m'interrogeait et toujours je zigzaguais pour ne pas répondre, jusqu'à ce qu'une fois quelqu'un demande : « C'est le mari de ta sœur ? » Je n'ai pas dit « Oui » mais j'ai laissé entendre que c'était vrai. Je suis devenu plus sûr de moi et de l'amour d'Antoine, tous les jours il me déposait et tous les jours il venait me chercher. Après la dispute avec mon père, il a fallu rentrer à la maison : j'ai mis trois jours à le faire. J'avais alors un ami, un garçon qui tout simplement aimait les hommes et les garçons, comme moi, et qui connaissait aussi

Antoine. Mes parents, c'est-à-dire mon père et ma tante puisque, juste après la mort de ma mère, mon père s'était remarié avec sa sœur, ils l'ont su par ce garçon. Moi, je rentrais pour faire la paix mais rester habiter avec Antoine. J'ai été tellement franc, mes parents ont été tellement choqués que tout de suite ce n'était plus la peine de poser d'autres questions. J'ai vu le choc, je l'ai vraiment ressenti, qu'a eu mon père, surtout quand il m'a demandé l'âge de la personne. Il a tout compris.

Au début, je ne communiquais presque pas avec les enfants. Quand je venais, j'avais les yeux fixés sur Antoine, je ne m'occupais pas d'eux. Ils jouaient avec Hicham. Le premier été qu'on a passé entièrement ensemble, on est partis en voyage, on a loué une maison, tous les quatre plus une copine d'Elsa. Là, on habitait vraiment ensemble, on a commencé à s'amuser, à parler. Mais il y avait quand même une gêne. Antoine était complètement naturel, il m'appelait « Mon coco ». Pour moi, ça voulait dire beaucoup, qu'il me le dise devant les enfants me mettait un peu mal à l'aise, j'avais peur qu'ils s'aperçoivent de quelque chose alors qu'ils savaient très bien ce qui se passait. Ils étaient trop jeunes pour être choqués par notre relation.

Le deuxième été qu'on a passé ensemble,

Elsa était une adolescente de seize ans qui commençait à grandir. Depuis toujours, les enfants savaient que leur père était homosexuel parce que leur mère le leur avait dit quand ils étaient petits, un jour qu'elle était furieuse contre Antoine. Mais, à l'époque, ça ne voulait rien dire pour eux. Là, ça devenait évident pour Elsa. Elle était désagréable avec moi, ne me considérait même pas, c'était comme si je n'existais pas, elle ne me voyait pas, m'évitait, ne proposait jamais qu'on joue ensemble. Moi, je n'avais pas besoin de ça, d'avoir une relation avec elle, j'étais content avec Antoine. La moindre des choses que je faisais ne lui plaisait pas, quand je mettais la table ce n'était pas comme ça qu'on devait la mettre. Il fallait qu'elle gueule, qu'elle soit méchante. Ça me semblait normal, à sa place je n'aurais pas aimé que mon père soit amoureux d'un jeune homme. Mais c'était tellement évident qu'Antoine s'en est aperçu et que je suis parti près d'un mois en vacances avec une amie, à Tanger.

Quand je suis revenu, je suis allé les voir, ils étaient encore là. Elsa a été très différente, très gentille. Elle m'a dit : « Tu nous a manqué. Maintenant, reste avec nous, ne pars plus chez toi. » Elle avait réfléchi et s'était aperçue qu'il ne fallait pas se fatiguer pour ça. C'est naturel qu'une fille aime son père, elle n'avait pas encore de petit copain. Elle était évidemment au courant de tout. Elle aimait bien tirer les cartes pour s'amuser, on le faisait tous les deux ou avec ses copains, des voisins français fils et filles de coopérants, quand ils venaient chez nous. Elle me parlait toujours d'une fille qui était sensée être ma petite copine, j'avais inventé un prénom, Sana, et Elsa se fixait sur cette histoire, tout le temps à dire « Elle t'aime » ou « Elle ne t'aime pas ». C'était pour montrer à tous ses copains que je n'étais pas pédé et donc que son père non plus n'était pas pédé.

Nathan était beaucoup plus souple, naturel, on aurait dit qu'il était trop jeune pour comprendre. À un moment, j'ai cru que s'il n'était pas méchant, même gentil avec moi, c'était parce qu'il ne savait pas ce qui se passait. Mais il était au courant pour son père depuis qu'il avait sept ans, ça ne le choquait pas trop. On jouait ensemble. On n'avait quand même pas tellement de choses en commun, il en avait plus avec son père, comme les journaux de voiture. On n'était pas vraiment des amis.

La seule chose qu'il me proposait, c'était de jouer à la lutte indienne, dans la chambre, allongés sur le lit. Ce n'était pas érotique pour moi, mais souvent j'avais ma tête sur son sexe et mon sexe sur la sienne. C'est un jeu où le plus fort se retrouve sur l'autre. On était l'un sur l'autre, enfermés dans une chambre. Il était capricieux. Une fois, il m'a dit : « Joue avec moi sinon je vais pleurer. Tu es méchant. » Et, quand j'ai été sur lui, il m'a dit : « Fais-moi un bébé. » J'étais gêné. Je n'étais pas intéressé par lui, ou comme un frère. C'est vrai qu'on peut jouer à ces jeux-là avec son frère mais j'avais peur d'aller trop loin, c'était mon problème, parce que lui était à son aise. Quand on était ensemble comme ça, j'avais peur qu'Elsa, dans la pièce derrière, pense du mal de moi, qu'elle se dise : « Non seulement ce connard est avec mon père mais il joue enfermé avec mon frère. » Alors que pas du tout, parce qu'un jour où on était tous ensemble avec des copains et des copines de Nathan et Elsa, Nathan m'a fait un clin d'œil qui voulait dire : « Viens, on va dans la chambre. » J'ai fait semblant de ne rien voir, puis il m'a appelé et j'ai fait semblant de ne rien entendre. Et alors c'est Elsa qui m'a dit : « Va jouer avec lui, il va pleurer. » J'ai traversé la pièce en marchant au-dessus des genoux des autres qui étaient par terre pour aller rejoindre Nathan, j'étais très mal à l'aise de jouer encore à la lutte indienne dans ces conditions.

Avec Nathan, on s'amusait, il voulait que je me montre à poil devant lui, c'était de son âge, lui le faisait mais moi j'étais trop timide.

Quand je prenais une douche, je m'enfermais parce que sinon Nathan entrait pour me voir, il l'avait déjà fait. Il me demandait : « Montre-moi ta bite. » Un jour, il est entré dans ma chambre puis sorti par la fenêtre et il a grimpé par le jardin jusqu'à la fenêtre de la salle de bains juste pour me regarder, et après il m'a dit : « Voilà. J'ai tout vu pendant que tu te lavais. » Je n'ai rien dit, j'étais gêné.

Antoine m'aimait, il était devenu vraiment amoureux de moi, content de moi. Je crois — mais pas « je crois » : *je l'ai* rendu stable. Il faut dire aussi que quand il habitait hors de Rabat, loin des coopérants et des services de l'ambassade, il faisait tout ce qu'il voulait, il vivait un délire pour les garçons, passait souvent tout un week-end enfermé avec les garçons. Quand il a été avec moi, il a continué à voir d'autres garçons, mais en cachette, ce n'était plus cette folie. Il est devenu un peu sage. Il faisait des projets avec moi, comme si on allait vivre ensemble longtemps. Un jour, ça m'a fait très plaisir, il est entré dans ma chambre, très amoureux, juste pour me dire : « On a bien fait l'amour ce matin. » Parce que Antoine a toujours bien aimé faire l'amour le matin avant de partir au travail et qu'il avait aimé comment ça s'était passé ce jour-là. Il disait qu'après sa retraite il s'achèterait un terrain pour y construire lui-même sa maison, dans le Sud, une grande maison de terre. Il disait qu'elle serait comme un palais, qu'il y aurait des chevaux, des garçons pour nous servir, que moi aussi j'aurais des garçons pour me servir. Il en profiterait pour écrire un roman ou deux, il fantasmait sur ça, parce qu'il avait toujours une histoire dans ses tiroirs. Quand il en parlait, de l'avenir et de sa maison, on était toujours tous les deux et ça me rendait heureux, c'étaient des projets de couple amoureux. Il m'aimait vraiment. Il m'aime toujours.

Un jour, je suis allé chez lui, à son travail. J'avais téléphoné. C'était tellement hors de question qu'un garçon aille le chercher à son travail qu'il n'avait même pas besoin de l'interdire. Il était à une réunion qui s'est prolongée. Il est sorti tard. J'ai demandé au concierge de me l'appeler. Et puis je l'ai attendu. Je savais qu'il allait être agressif en sortant. En montant dans la voiture, je me suis vraiment fait engueuler, que je n'avais pas le droit de faire des choses pareilles. J'aurais préféré qu'il me batte plutôt que de m'engueuler, je trouvais qu'il était très dur avec moi. Je suis descendu de la voiture sans qu'il me dise « Reviens » ou me retienne. Je crois que ces garçons de quinze ans qui faisaient leur âge,

Antoine ne s'attendait pas à avoir avec eux des discussions. Moi j'étais tellement sage, je savais juste lui dire « Je t'aime » et lui faire des câlins. J'étais mûr dans mon calme, je faisais plus que mon âge.

Au bout d'un an, deux ans, j'ai changé. C'est le résultat d'être resté avec lui. Je ne pouvais pas aller le voir au bureau mais il invitait des collègues à la maison, des hommes mariés, pas pédés, j'étais là et ils savaient avant de venir qu'il y aurait Bichon. En fréquentant ces gens, j'ai fait des progrès énormes. Je n'avais pas confiance en moi et je n'osais pas parler, au début. Pendant quatre ans, entre Antoine et moi, ça a été une amitié sûre, on a été un couple. Ça a été le résultat de beaucoup de peines, j'étais jaloux en permanence. Même en vivant avec moi, même en formant un couple, Antoine n'était pas un fidèle. Il couchait à droite et à gauche avec d'autre garçons, ce qu'il cachait au début. Je m'étais habitué mais j'étais malheureux.

On a passé quatre ans de vie commune et il était au Maroc deux ans avant que je l'aie connu, ça faisait six ans et il était donc arrivé à la fin de son contrat. On a passé une année très dure. Pour moi, c'était terrible parce que je me voyais vivre sans Antoine, ce que je ne pouvais pas supporter. Lui ne voulait pas rentrer en France, financièrement il ne pouvait pas, il tenait au Maroc. Il avait conscience qu'il y avait un garçon jeune qui tenait à lui, qui l'aimait. Il faisait n'importe quoi, dérapait complètement, couchait partout car ce serait très difficile en France de trouver des adolescents. Pour moi, c'était l'enfer tous les jours. C'est l'année où j'ai pleuré le plus. À chaque fois que je rentrais à la maison, j'étais tellement fou de rage que j'allais sentir les draps. Quand il rentrait, je pleurais et gueulais et ça le mettait en rage. Il ne supportait pas cette attitude. Il trouvait que je le surveillais. Il disait qu'il était « sous haute surveillance », que c'était un « raisonnement de femme », ça ne lui plaisait pas du tout. On a été ça : un couple qui se disputait, je pleurais, je gueulais, il gueulait. C'est pour ça qu'on est encore ensemble.

J'ai souffert tout seul, du fait d'être attiré par des gens plus âgés que moi. Je grandissais et voyais que je plaisais moins à Antoine et qu'un jour je ne lui plairais plus du tout. Un jour, je serai peut-être grand et beau mais plus jeune et mignon. Je comprenais qu'il aimait les garçons jeunes et qu'il n'y avait rien à faire, je me disais « C'est comme ça » mais ça me rendait très malheureux. Il avait ramené un garçon noir du Sud qui soi-disant était jardinier et ne devait rien faire d'autre que s'occuper des fleurs et des plantes mais qui en réalité était son amant. Et, un jour où je dormais tard, Antoine est entré dans ma chambre et m'a réveillé, puis serré contre lui, fou de joie, en me disant : « Je reste au Maroc. J'ai gagné le concours pour le poste de Marrakech. » Il allait travailler à la base. On était très heureux, tous les deux. Mais moi j'avais peur, il allait falloir quitter Rabat pour Marrakech, j'avais peur qu'il parte sans moi. En fait il n'y pensait même pas, à me quitter, pour moi c'était un vrai voyage, un vrai changement, d'aller de Rabat à Marrakech, mais pour lui ce n'était rien. Et moi je faisais tout le temps attention à tout tellement je tremblais qu'il me quitte.

Finalement, après qu'Antoine a eu ce poste à Marrakech, on a déménagé l'été 90 avec Nathan et Elsa. Elsa me disait qu'on allait choisir notre chambre à trois. Dans sa tête, c'était pour nous séparer, que je ne dorme pas avec Antoine. Quand ses enfants étaient là, pendant les vacances, je ne dormais jamais avec lui. Pendant tout ce temps, normalement, on ne faisait pas du tout l'amour. Elle voulait que je prenne l'habitude d'avoir ma chambre et que même l'hiver, même quand ils n'étaient pas là, ce soit toujours « ma » chambre. Et c'est ce qui s'est passé : je lui en ai vraiment voulu, comme si elle avait jeté un sort et que ça avait marché. À Rabat, il n'y avait pas assez de pièces pour que chacun ait sa chambre. Mais, à Marrakech, je n'avais pas encore vu la maison que déjà Elsa y était allée avec Antoine, et en rentrant elle m'a dit : « J'ai vu notre chambre, on dormira tous les trois. » Elle a insisté, et c'est devenu ma chambre. J'étais parti en vacances, cet été-là, et je suis rentré fin août. Nathan et Elsa étaient retournés en France. À l'arrivée à la maison, je ne sais pas pourquoi, quelque chose est arrivé psychologiquement, je suis allé directement dans ma chambre. J'ai passé une très mauvaise nuit, incapable d'aller dormir avec Antoine. Le lendemain, en me réveillant, apparaît un garçon qu'Antoine a connu pendant mon absence. Et l'enfer a recommencé.

À Marrakech, ça a été une nouvelle vie. J'étais à la fois d'une jalousie hystérique et incapable de coucher avec Antoine, ça le rendait fou, chaque fois qu'un garçon était là je claquais les portes, je faisais la gueule. J'ai été très très dur, méchant. Même quand je parlais, je parlais durement parce que ce garçon était là. Il n'y avait pas que ce garçon. Le défilé a recommencé comme je l'ai connu à Rabat, la même chose. Je n'étais pas bien, et pas bien avec ça. Ça sonnait sans arrêt. Et pourtant je ne pouvais pas coucher avec Antoine, j'étais incapable. Je m'en voulais de ne pas pouvoir aller au lit avec lui. En l'espace de deux mois de vacances, j'ai perdu l'habitude de faire l'amour avec Antoine. Il a pris un autre statut pour moi. J'étais tellement mal d'imaginer un autre garçon faisant l'amour avec lui dans son lit, j'étais obsédé, j'avais tout le temps cette image en tête, en classe, dans la rue ou devant Antoine. Ça me faisait très mal : je ne pouvais pas supporter mon père avec un autre garçon. J'ai passé comme ça à Marrakech un an de souffrance, de peine. Quelquefois, j'étais tellement incapable de parler que ma gorge me faisait mal.

J'ai été odieux à Marrakech, triste, je ne voulais pas sortir avec eux. Un week-end, ils sont partis et je suis resté enfermé, comme un hystérique, enfermé dans ma chambre. Quand il est rentré, je ne sais plus ce que j'avais fait, j'avais gueulé, Antoine a pris un vieux fil d'électricité qui traînait, m'a poussé dans la salle de bains et m'a frappé. J'étais content et pas content : s'il me frappe, c'est qu'il n'est plus doux avec moi, c'est qu'il ne supporte plus de me voir comme ça, que je me transforme, c'était normal dans un rapport de paternité ; s'il ne m'avait pas frappé, ça aurait été qu'il s'en foutait, alors d'abord je ne serais pas chez lui, ensuite il n'irait pas jusqu'à me faire mal, me battre, pour m'arrêter.

Il m'a fallu du temps pour accepter ça, certaines choses, qu'Antoine aille avec d'autres garçons. Je suis toujours jaloux, je le serai toujours, mais maintenant tout est plus clair, il n'y a plus d'histoires, plus de disputes. Le seul signe identifiant ma jalousie est que dès qu'il y a un garçon, je fais presque la gueule. C'est comme ça, j'aime être jaloux d'Antoine.

Maintenant je fais partie de lui, comme son petit frère, un peu comme son fils. Avec ses enfants, on a un rapport de fraternité. Le fait de vivre avec le père et le fils, le fait que le fils vive avec nous permet un équilibre à nous trois. Et même je sers pour l'équilibre entre les deux. Si je n'avais pas changé, si je ne m'étais pas métamorphosé, en parlant bien le français, en étant plus solide, mûr, je n'aurais jamais pu rester avec lui. C'est une stupeur sans arrêt pour Antoine : maintenant, je parle tellement bien le français que quand je fais une faute, on me la reproche (avant, on me corrigeait), l'air de dire « Eh ! oh ! tu n'as pas le droit de faire cette faute », ce que je trouve rigolo. C'est grâce à Antoine, il compte colossalement pour moi, c'est lui qui m'a fait, il m'a construit. Je l'aime car c'est une personne extraordinaire, je n'ai jamais connu dans ma vie quelqu'un de pareil : il est pur, c'est un être pur.

3. *Julien*

J'étais allé à la poste pour téléphoner, c'était en novembre 1990. C'est un endroit où tu donnes ton numéro pour que la fille le fasse elle-même, donc tu es obligé d'attendre. Julien était là. Il m'a tout de suite plu, je l'ai regardé, je l'avais pris pour un coopérant, il ne faisait pas du tout touriste, la façon dont il était habillé, il avait un cartable comme un enseignant au Maroc. Il attendait pour payer sa communication et à un moment il a perdu un billet d'argent et je me suis précipité pour le ramasser et le lui rendre. C'était une façon d'attirer son attention. Il avait un regard hésitant, bizarre, pas comme les regards que j'avais l'habitude d'avoir sur moi. Un homme qui me regardait, d'habitude c'était clair et net qu'il me draguait, me désirait. Alors que lui me regardait sans me regarder. Il m'a remercié en partant de lui avoir ramassé son billet. Et il est parti. Sans se retourner alors que moi je me suis dirigé vers lui, vers la porte de sortie. Je suis même sorti un moment. Et puis rien. Il ne s'est pas retourné. Après ma communication téléphonique, je suis rentré chez moi en pensant à lui. C'était la fin de matinée, j'ai pensé à lui presque tout le temps entre midi et deux heures.

Au début de l'après-midi, j'étais allé dans la médina voir un garçon qui était en classe avec moi. C'est marrant : c'était un garçon que je n'aimais pas du tout, j'avais toujours refusé d'aller le chercher, et il se trouve que ce jour-là j'ai dit « D'accord » pour aller à la fac avec lui. Et, en marchant sur une place, je croise Julien. Et là, le même regard, c'est-à-dire très bref, alors que moi j'étais beaucoup plus insistant. Là, comme on s'était vus trois heures avant et qu'il a bien reconnu que c'était moi qui étais à la poste, j'avais une raison de plus de lui adresser la parole. Il s'est dirigé vers une vitrine pour regarder des livres. Je suis allé vers lui en lui disant « Bonjour » et en lui rappelant qu'on s'était vus ce matin. Je lui ai dit que c'était drôle, on s'était vus ce matin et on se revoit. Je ne lui ai pas laissé le temps de dire « On s'est vus ce matin. Et alors ? », je lui ai tout de suite proposé de boire un verre au café d'à côté et il a été d'accord. J'étais très heureux. Parce que je me suis dit : « Enfin, je l'ai eu, ce type. » Si je ne lui avais pas adressé la parole, je n'aurais jamais pu l'avoir, lui parler. Comme c'est un Européen, ce n'est pas comme nous les Marocains qui avons le contact facile. J'ai pensé que, même si je lui plaisais, il ne pouvait pas faire le premier pas. Et, comme il a accepté le verre, je pensais qu'il était d'accord pour coucher avec moi. Il me plaisait, c'était mon but.

On est allés au café, on s'est assis. On a commence à parler, ce que je faisais, il m'a demandé quel âge j'avais, il a trouvé — c'est une phrase dont je me rappelle — que je parlais « formidablement bien le français ». Et le cartable que j'avais vu qu'il portait, qui m'avait attiré l'attention, à ce moment il l'a ouvert pour sortir sa pipe et fumer. J'y ai remarqué des jouets en plastique et des jeux. Là j'ai compris qu'il avait un rapport avec les enfants, j'ai pensé qu'il aimait les très jeunes garçons. On a discuté. Il m'a proposé de dîner le soir avec lui et un ami qui l'accompagnait en voyage, un type de son âge qui voyageait avec lui. Il disait que ça lui ferait plaisir à lui et à son ami qu'on dîne ensemble, qu'il me présenterait à son copain. Je l'ai mal pris parce que je pensais que me présenter à son copain était une façon d'arranger les choses pour que je couche avec car je ne l'intéressais pas du tout lui physiquement. C'était vrai que je ne l'intéressais pas du tout. Mais ce n'était pas vrai qu'il m'invitait à dîner juste pour me présenter à son copain. Un garçon qui parlait très bien français, qui assumait son homosexualité, un garçon ouvert, c'était un compagnon agréable. Au café, il m'avait posé des questions, qu'est-ce que je faisais à Marrakech ? J'avais répondu que j'étais étudiant, que je vivais avec un ami. L'histoire l'intéressait. Quand je suis rentré à la maison, j'étais très heureux.

Entre-temps, je suis allé en cours. Il n'y avait qu'une seule chose à laquelle je pensais toute la journée : le soir. J'avais le trac. J'avais un souci : comment m'habiller ? Pas comme d'habitude, c'était vraiment un souci, je ne comprenais pas s'il fallait ou pas que je joue le jeu, puis après j'ai compris, d'être habillé comme un adolescent, un enfant. Après avoir réfléchi j'ai compris, le cartable, les garçons très jeunes, et il me plaisait tellement, quelque chose s'est passé tout de suite, ç'a été le coup de foudre. Je me suis arrangé avec Antoine comme quoi je sortais le soir, que je dînais avec quelqu'un, car je n'ai jamais rien caché à Antoine. J'ai enfilé mes chaussures montantes avec des chaussettes qui avaient vraiment un côté adolescent, qui étaient marrantes avec des dessins genre Mickey — c'est bête de dire ça — pas sérieux, un homme en costume-cravate ne mettrait jamais ça. Et j'ai plié mon jean pour qu'il m'arrive jusqu'à la cheville de sorte que mes chaussures et mes chaussettes puissent se voir. On est arrivés au rendez-vous en même temps. Lui était toujours aussi froid, on avait un rapport froid, ça faisait partie de son comportement. Il n'y a eu aucun signe quand on était installés, rien qui puisse me faire comprendre qu'il était intéressé par moi. Ça me rendait malade.

On est allés chercher son copain qui s'appelle Gilles pour aller dîner au restaurant. C'était un type qui était complètement le contraire de Julien, avec un grand sourire, chaleureux, tu te demandais s'il allait te sauter au cou, te prendre dans ses bras au premier contact, dès que tu le voyais. Il était avec un jeune garçon de dix-sept-dix-huit ans, dix-sept ans. On est allés dans un restaurant tenu par un homosexuel français de Marrakech. Et là, on a commencé à parler. Julien, la seule chose qui l'intéressait, c'était ma vie actuelle avec Antoine. C'était inhabituel au Maroc qu'un garçon de vingt ans vive avec un type de quarante-cinq ans depuis cinq ans. Il était curieux, posait des questions pour que je commence à parler sans m'arrêter. Et Gilles avec son sourire qui ne le quittait pas en m'écoutant, c'était vraiment quelqu'un qui savait écouter les gens, attentif, le seul mot qui sortait de sa bouche quand je racontais ma vie avec Antoine était « C'est merveilleux, c'est magnifique, cette vie ». Ils voyaient qu'au début j'étais un jeune garçon, j'avais quinze ans à l'époque où j'ai connu Antoine qui en avait quarante. En racontant ça, je voyais le regard de Julien qui était émerveillé, il était content d'entendre ça.

Mais quand je racontais, quand je revenais sur l'époque de mes quinze ans où j'avais connu Antoine, je sentais que c'était ce qui l'intéressait le plus, il avait les yeux grands ouverts, il était émerveillé par cette période. Là, j'ai compris que c'était un homme pour les très jeunes garçons et que je n'avais pas de chance avec lui. Et je me suis dit sur le coup, j'ai eu un côté vicieux : « Puisque je n'ai pas de chance avec lui, je vais raconter une histoire encore plus extravagante, revenir non pas à quinze ans mais à treize ans où j'ai connu une vraie histoire d'amour avec un homme de la trentaine, mon professeur. » J'ai commencé à parler de cette histoire dont je suis toujours fier quand je suis en train de la raconter, c'est un moment de bonheur pour moi. Cette histoire que j'ai toujours adoré raconter a toujours plu. Je faisais très attention pour raconter détail par détail, chaque moment de ce que j'ai vécu avec cet homme à l'âge de treize ans pouvait faire de l'effet à Julien. J'ai parlé pendant tout le dîner, deux ou trois heures. Et en racontant mon histoire, un vrai jeune homme de vingt ans racontant sa vie, ses deux vies, celle à treize ans avec un homme de trente ans et celle à partir de quinze ans et demi avec un de quarante ans et qu'il vit actuellement, je me rendais compte que plus je parlais de cette relation de quand j'étais gamin, plus sur le coup j'avais l'impression d'être vieux. J'étais un homme mûr avec beaucoup d'expérience. Et découvrir ça me rendait malade, j'étais malheureux. Quand même, je m'étais démené pour m'habiller comme un adolescent, ça n'a pas marché, je ne pouvais pas séduire Julien. Ils m'écoutaient, il n'y avait que moi qui parlais, j'avais l'impression que j'étais important. Mais, dans la soirée, il y avait aussi un garçon de dix-sept ans qui me rendait encore plus mal à l'aise en me rappelant mon âge de vingt ans qui était déjà trop pour Julien. C'était lui le plus jeune, pour eux le plus sexy, le plus intéressant pour eux deux peut-être. Mais ils ont aimé mon histoire et j'en étais fier. J'étais jaloux de ce garçon, jaloux de son âge. Ça me rassurait d'être le centre de la table, tellement fier de mon histoire d'enfance. Mais le fait de la raconter, on avait l'impression que c'était un vieux qui racontait ses aventures. C'est une belle histoire, je l'aime tant.

Julien avait apporté un livre de photos pour me l'offrir. Il y avait le choix entre deux, l'un me plaisait plus que l'autre. J'y ai vu des photos qui m'ont rappelé un livre que j'avais vu quatre ans auparavant, tout au début quand j'ai connu Antoine, sur les hommes fous d'enfance. Et ça lui a fait plaisir : il n'imaginait pas du tout qu'au fond du Maroc un garçon connaissait Bernard Faucon dont il voulait m'offrir un livre. On est rentrés après le restaurant, ils m'ont raccompagné chez moi. Et, sur le chemin, Gilles continuait à être émerveillé, époustouflé par l'histoire de ce garçon. Et moi j'étais très malheureux de savoir qu'on me raccompagnait chez moi, c'est-à-dire que j'allais dormir tout seul et ne finirais pas dans le lit de Julien. Je suis rentré, j'ai réveillé Antoine en lui montrant le livre pour lui dire : « Voilà ce que m'a offert le type que j'ai rencontré aujourd'hui, avec qui j'ai dîné. » Il était content pour moi. Et moi j'étais malheureux pour moi. Ce livre, je ne pouvais plus le regarder. Je l'ai caché cette nuit-là, il était presque un cauchemar pour moi. Je n'ai pas dormi de la nuit, j'avais hâte que le jour se lève pour être mieux dans ma tête, regarder mieux ce livre car il y avait des photos magnifiques. Je suis devenu vite amoureux de lui. Je me voyais encore une fois, une troisième fois, amoureux d'un homme qui aime les jeunes garçons que je ne suis plus. Je l'aime énormément.

MUSULMAN

Avant d'aller vivre chez ma tante, la seule présence de la religion chez moi était mon père, c'était la seule personne à la maison à faire la prière. Le reste de la famille, mes frères, mes sœurs et ma tante, n'étaient pas pratiquants, c'est-à-dire n'étaient pratiquants que durant le ramadan. Et quand j'étais petit à l'école coranique et après quand je suis entré dans une école normale, jusqu'à l'âge de dix ans, je ne comprenais pas le Coran, juste je l'apprenais par cœur et je le répétais par cœur. C'était le seul cours que je craignais vraiment, le jour où il fallait citer le Coran par cœur au cours d'arabe, ce jour était un enfer pour moi et pas que pour moi. Même les plus forts qui l'apprenaient par cœur de peur, pour échapper à une punition, tout le monde le craignait. On ne comprenait pas le Coran, les explications de texte du Coran.

J'ai commencé à comprendre le Coran

quand j'ai habité chez ma tante, par ma cousine. Elle aimait beaucoup le Coran, elle adorait le lire, et me le lire aussi. Elle en avait une autre approche que les professeurs, une approche amoureuse et intellectuelle. Même aux moments où je ne comprenais pas, j'adorais la façon dont elle expliquait car on voyait qu'elle aimait. Je suis tombé amoureux des moments où elle m'expliquait, tard après ses devoirs, je m'entendais bien avec elle, j'adorais sa façon d'expliquer, sa façon de lire. Pendant le ramadan, elle restait tard — moi, évidemment, je dormais —, mais je sais qu'elle restait des moments très tard à lire le Coran. Il y avait des sourates qu'elle préférait, en particulier celle de la vache, qu'elle aimait lire. C'est la sourate la plus importante du Coran, la plus longue. Quand j'ai habité chez eux, elle m'a appris à faire la prière et je me rappelle qu'un jour elle m'a dit : « Tu fais la prière avec moi » et moi j'ai hésité. Et au moment de faire la prière je me suis mis juste derrière elle comme on fait à la mosquée, comme j'avais vu quand j'étais allé avec mon père, et c'est là où elle m'a dit : « Mais tu ne sais pas du tout faire la prière. » Elle m'a dit : « Il n'y a que l'homme qui guide les fidèles. » Sinon, une femme ou un enfant, il fallait se mettre sur la même ligne. On était tous les deux seuls et on est restés tous les deux sur la même ligne. Un moment j'ai eu, pas honte, mais j'étais gêné, parce que j'étais allé souvent à la mosquée le vendredi avec mon père mais en fait j'allais parce que j'avais envie d'être avec mon père, ce n'était pas lui qui insistait pour que je vienne, ça me faisait plaisir d'être avec mon père et ce jour-là de porter une djellaba blanche avec des babouches. Alors que mon père n'a jamais porté de djellaba de sa vie pour aller faire la prière parce qu'il trouvait que c'était encombrant, parce qu'il marchait vite et que pour ses pas ce n'était pas évident.

Pendant deux ans, pratiquement, je n'ai fait la prière que pour lui faire plaisir à elle. Pas exactement pendant les deux ans, je n'ai fait la prière que parce que j'avais beaucoup de respect pour elle et l'aimais beaucoup, alors que moi ça ne me faisait pas spécialement plaisir, parce que je ne savais pas spécialement, je n'étais pas du tout absorbé par la spiritualité de la prière. À un moment, à la longue, elle s'est aperçue que je n'avais pas envie de la faire parce que souvent je sautais une prière dans la journée, j'en sautais une des cinq, surtout celle du soir, parce que je dormais, parce que j'avais envie de dormir, à un moment elle m'a dit : « Il faut que tu arrêtes. J'ai l'impression que tu te forces. Tu ne le fais pas pour moi, tu le fais parce que tu as envie de faire la prière. » Elle m'a dit : « Tu le feras un jour, quand tu seras grand, quand tu auras envie de le faire. » C'était pour moi un soulagement qu'elle me dise ça. Je me sentais obligé de le faire par respect pour elle, parce que je l'aimais.

Jusqu'à ce que j'aille chez eux, je n'avais que cette notion de l'islam. Je ne savais pas bien ce que c'était, pratiquer sérieusement. Avant, pour moi, l'islam c'était ne pas mentir, l'islam quand j'étais petit c'était quelqu'un de bien. Être musulman, c'était être quelqu'un de bien. Quand j'étais petit, ma grand-mère, quand quelqu'un ne lui plaisait pas ou se comportait mal devant elle, disait : « Ce n'est pas un musulman. » Et c'était pratiquement comme si elle l'insultait. Pour ma grand-mère, quelqu'un qui pourrait voler, mentir, n'était pas un musulman. Pour moi, le contraire d'un musulman, c'était un juif. Quand j'étais petit, pour moi, le synonyme de musulman c'était quelqu'un de bien et le contraire c'était un juif. Ma grand-mère, si elle voulait traiter quelqu'un de traître, elle pouvait lui dire : « Espèce de juif. » Quand je faisais des bêtises, des choses qui ne pouvaient pas plaire, ils me traitaient de « petit juif ». Après, j'ai compris qu'on pouvait dire ça en fait sans insulter la religion juive, que juste au Maroc c'était devenu une insulte dans le vocabulaire. Mon père et ma grand-mère, Lala, étaient les deux seules personnes chez moi à faire la prière. Pour moi, la définition du musulman, c'était mon père : quelqu'un qui ne ment pas, qui est généreux, qui paie l'*ezzakate,* les impôts religieux qui consistent à donner aux pauvres pendant les fêtes religieuses, pas à ce que tous les musulmans donnent mais à ce que tous les musulmans qui peuvent aider les pauvres aident les pauvres, quelqu'un qui se comporte bien. Et quelqu'un qui faisait sa prière, qui respectait les heures des prières. Pour lui, ça faisait partie de sa vie, être musulman, c'était une vie d'être musulman. Ça voulait dire se lever à quatre heures du matin pour faire sa prière : j'imaginais mal ma sœur et ma tante se lever, c'était un effort qu'elles ne pouvaient pas faire, couper leur sommeil pour aller faire leur prière.

Pour moi, j'étais musulman. C'était aussi croire en Dieu, croire au Prophète, et aussi croire en tous les prophètes précédents parce que, nous les musulmans, nous croyons à tous les prophètes avant Mohammed, Mahomet. Je suis né musulman. En tant qu'enfant, j'étais musulman, c'était comme j'étais Rachid. La chose qui m'effrayait, me faisait le plus peur tout en sachant très bien que je ne serais jamais aussi pratiquant que ma cousine, c'était d'aller en enfer. Mon père n'a jamais forcé qui que ce soit de mes frères et sœurs, je ne l'ai jamais entendu tenir un discours hyperreligieux ou demander pendant une réunion de famille : « Moi je fais mes prières, pourquoi pas vous ? » La seule chose qu'il n'appréciait pas — je ne dis pas qu'il ne tolérait pas mais que vraiment il n'appréciait pas —, c'était qu'un membre de la famille ne fasse pas le ramadan. Une fois, il a surpris un frère à moi pendant le ramadan en train de manger dans la journée. Je me rappelle, ça l'avait choqué, il a gueulé, là il l'a vraiment engueulé, tout de suite, violemment. Le ramadan, pour nous, c'est un mois très agréable où les repas sont très spéciaux, il y a réellement quelque chose de particulier qui se passe. Le soir, on est encore plus proches les uns des autres. Mon père ne voulait pas être fâché avec mon frère et gâcher le repas pour tout le monde. Il lui a juste dit : « Si tu ne veux pas faire le ramadan, ne le fais pas. Mais alors ne viens pas ici. Mange ailleurs. Surtout pas devant nous. »

Normalement, un garçon (ou une fille) commence à faire le ramadan quand il est pubère, une fille quand elle commence à avoir ses règles et un garçon quand il est pubère, c'est quand on a comme ça atteint l'âge adulte qu'on fait le ramadan. Mais quand on est petit, avant cet âge-là, le vingt-septième jour, la nuit sacrée, c'est un jour très spécial, même parmi les trente jours du mois de ramadan. C'est une joie pour toute la famille mais, au Maroc, c'est surtout une fête pour les enfants, ils sont bien habillés, on les photographie portant des vêtements traditionnels, les petites filles en mariées. Moi, je l'ai fait plusieurs fois, je faisais le ramadan et le soir j'avais un cadeau. Pubère, c'est normal de faire le ramadan. Mais avant, quand là tu fais l'effort de jeûner pendant toute la journée, le vingt-septième jour, alors tu es récompensé le soir. Le vingt-septième jour, les enfants jeûnent sans que les parents les forcent (c'est comme ça au Maroc, je ne sais pas dans les autres pays arabes) parce que c'est un jour spécial avec le soir un repas plus important que les autres où la famille et tous les proches se réunissent. Je jeûnais, et on est fier d'un enfant qui est capable de ne pas manger de la journée. Mon père trouvait que j'avais raison quand je disais : « Ce qui est dur pour moi, c'est juste de ne pas boire de l'eau. » Parce que quand tu as faim tu peux tenir la journée, mais quand tu as soif tu peux mourir de soif.

C'est un soir parmi tous les soirs, particulier. J'ai connu beaucoup de mois de ramadan et ils se décalent avec les années, c'est en fonction de la lune, ça tombe en hiver maintenant mais je me rappelle que quand j'étais petit c'était l'été, il faisait chaud, les gens sortaient, restaient dehors jusqu'à extrêmement tard. C'est un mois où il faut maîtriser tous ses appétits, s'abstenir de tous les appétits physiques de la vie pendant la journée, depuis avant le lever du soleil jusqu'au coucher du soleil, ne pas manger, ne pas boire, ne pas faire l'amour. Ça crée une atmosphère hyperreligieuse, hyperspirituelle, on le sent dans la rue, les gens sont gentils, hyperdélicats, attentionnés les uns envers les autres. Je l'avais d'abord vu comme ça et c'est toujours comme ça : avec les années, pour moi c'est une joie, une fête religieuse où les gens sont heureux, spécialement le soir. Le soir, ils se réunissent, ils se parlent, ils sont proches, attentifs les uns aux autres. Peut-être est-ce bizarre mais c'est un mois aussi de liberté. On ne mange pas de la journée et on ne mange que le soir, mais, au Maroc, on fait trois repas quand même, deux dans la soirée et un dans la nuit, le *f'tour* au coucher du soleil, plus tard dans la soirée le dîner, et, à la première prière, c'est-à-dire la dernière fois qu'on mange, c'est le *s'hour*. C'est un mois où les gens dépensent énormément d'argent, beaucoup plus qu'ils ne dépensent dans l'année par rapport aux jours normaux.

Pour les filles, c'est le mois où elles peuvent sortir le plus. Je ne sais pas, il y a plein de prétextes, tout le monde sort, c'est la fête, les cafés sont ouverts, c'est une raison pour aller chez les copines, se balader entre elles, je dirais que c'est le mois où les filles sont le plus libres. Dans l'année, elles ne sortent pas le soir, et le ramadan c'est la fête le soir, tout le monde est dehors le soir, le soir après avoir fini le ménage elles peuvent sortir, se retrouver entre elles et faire ce qu'elles veulent, elles sont beaucoup plus libres et bizarrement le soir.

Il y avait un truc qui me fait toujours rire, c'était un ami, hyperdragueur, dragueur de filles, une fois il a rencontré une nana pendant le ramadan le soir, il avait rencontré une fille et la fille lui dit : « Je viendrais bien avec toi à condition que tu aies un sèche-cheveux. » Et lui, il ne comprenait pas pourquoi. Elle lui dit : « Si je viens avec toi, si on fait l'amour, ensuite il faudra que je me lave, que je fasse mes ablutions pour me purifier. » Si elle ne se lavait pas, elle ne pourrait pas faire le ramadan parce qu'elle serait impure. Et si elle se lavait de la tête aux pieds comme il fallait, elle aurait les cheveux tout mouillés, tout le monde le verrait, donc il fallait qu'elle les sèche, que le type ait un séchoir. Sinon, si on lui voyait les cheveux tout mouillés, tout le monde comprendrait. Et par malchance il n'avait pas de séchoir. Et donc ils n'ont pas fait l'amour. Après il a fait attention, il était au courant pour la prochaine fois qu'il ferait mieux de s'acheter un sèche-cheveux, d'être mieux équipé.

Je trouve que les soirées du ramadan sont les soirées les plus sensuelles de l'année. Le soir, il n'y a que ça, tu ne vois que ça, c'est hypersensuel, hypersexuel, tout le monde est à l'affût. Dans l'année, quand quelqu'un n'a pas fait l'amour pendant deux jours, tant pis, c'est la vie normale. Pendant le ramadan, du fait que c'est un appétit physique interdit, une abstention obligatoire, le soir les gens sont à l'affût de ça.

Je suis content d'avoir vécu dans deux familles de la même religion qui la pratiquaient différemment. J'étais dans une famille ou il n'y avait que deux personnes (mon père et ma grand-mère) qui pratiquaient, ensuite j'ai passé deux ans chez ma tante où il y avait deux filles très religieuses, qui portaient le foulard. Mais je n'ai pas subi quoi que ce soit de mes deux cousines pour devenir plus tard imam, pratiquant. Ce qui comptait pour elles, surtout pour celle dont j'étais le plus proche, c'est qu'elle elle faisait ce qu'elle aimait, elle pratiquait à cent pour cent sans embêter qui que ce soit à essayer de le convaincre. Elle s'occupait pour elle.

Quand elle a su que j'habitais chez Antoine, elle n'a pas fait d'histoires. Moi, j'ai mis un moment à lui dire que j'habitais avec un Français, c'est-à-dire pas un Marocain, pas un musulman mais un chrétien. Elle a su ce qu'était la relation sans poser de questions directes mais des indirectes. Le jour où je lui ai parlé d'Antoine, elle m'a demandé le genre de la maison, commençant par le côté esthétique des choses, s'il y avait un jardin et comment il était, et pour finir elle a dit : « Combien de pièces y a-t-il ? », et j'ai répondu : « Une seule pièce et un salon et une salle à manger », elle savait que je dormais dans son lit avec lui. Ç'a été tout. Elle n'a plus rien dit après, c'était ma vie. Après, quand elle me voyait, elle me demandait des nouvelles d'Antoine sans le connaître pour me faire plaisir, elle s'en fichait d'Antoine mais elle voulait me faire plaisir. Elle posait des questions : « Qu'est-ce que vous avez fait la semaine dernière ? Que faites-vous quand vous êtes ensemble, quand lui ne travaille pas ? » Elle était contente parce que j'étais content, contente que je sois bien chez Antoine.

Moi, je lui parlais de mon amour pour lui mais pas de ma passion, que je l'aimais beaucoup, juste, que c'était quelqu'un avec qui j'étais bien. Elle, elle trouvait des raisons supplémentaires pour que je m'intéresse à Antoine : il fallait que j'apprenne le français, me pénétrer de cette langue, car elle adorait le français, lisait des livres en français. Jusqu'au jour où elle m'a appelé à Marrakech, et pour moi c'était deux personnes que j'aimais et que je voulais présenter, au moins au téléphone. Ils ont échangé deux mots au téléphone et Antoine m'a dit qu'elle lui avait fait très bonne impression et qu'elle parlait parfaitement le français, et elle était ravie de lui avoir parlé et trouvait qu'il avait l'air sympathique. Elle était contente parce que c'était le seul contact qu'elle ait eu avec un Français. C'est une langue qu'elle aime, qu'elle maîtrise parfaitement, elle a une passion pour le français, alors elle était heureuse d'avoir parlé avec un Français. C'est bizarre pour quelqu'un qui maîtrise si parfaitement le français, le seul contact qu'elle a eu avec un Français c'était pour dire « Bonjour », deux mots au téléphone.

Au début, quand j'ai connu Antoine, pour moi ce n'était pas une gêne que mon père le sache. Pourtant, rien ne me laissait supposer que mon père accepterait que je connaisse un Français qui avait vingt-quatre ans de plus que moi quand j'avais seize ans et que je veuille habiter avec lui. La seule personne dont la réaction m'inquiétait, c'était ma cousine que j'aimais et respectais tellement, j'avais vraiment une fascination pour cette fille, et j'ai été ravi quand j'ai vu que pour elle c'était normal. J'avais peur car je me disais que la religion musulmane était tellement importante dans sa vie qu'elle s'opposerait à ce que je connaisse un non-musulman. J'avais peur qu'elle commence à me convaincre jusqu'à ce que j'aie laissé tomber Antoine. Mais ce ne fut pas du tout le cas.

La seule chose que je ne lui ai pas dite, peut être que maintenant je la lui dirais mais à l'époque je n'osais pas, c'est que juste je ne buvais pas d'alcool avec lui mais que je mangeais du porc. Je ne sais pas. Je n'aime pas l'alcool mais j'aime manger du porc, c'était pour moi une question de goût et pas de religion. En France, la première chose qu'on me demande est : « Est-ce que tu bois de l'alcool ? », quand on veut m'inviter pour prendre un verre je sens que les gens donnent plus d'importance à ce que je ne boive pas d'alcool parce que c'est une question de goût que parce que ma religion l'interdit. Les gens, ici (en France), c'est très bizarre, quand je dis « Je n'aime pas l'alcool », ils sont soulagés, on dirait qu'ils préfèrent que je ne boive pas d'alcool par goût que par religion. Le mieux serait qu'ils s'en foutent complètement. Mais ils ne s'en foutent pas, de ma religion. Ils se foutent de leur religion à eux, disent-ils, la religion catholique, mais ils ne se foutent pas de la mienne, chaque fois c'est comme si c'était une menace. On dirait qu'ils oublient tout à coup qu'on est déjà des amis, si j'accepte d'être avec un chrétien c'est déjà quelque chose que je veux, que j'ai choisi.

Ce que je pourrais raconter à ma cousine et qui je pense lui ferait plaisir, c'est ma dispute avec un type au restaurant à propos de l'histoire Chanel, de cette robe portée par Claudia Schiffer. On a l'impression que les gens ici trouvent normal de donner des conseils à un musulman en attaquant l'intégrisme. Le jour de l'affaire Chanel, j'étais allé au restaurant avec un ami qui me pose la question de ce que je pensais de cette robe parce qu'il y avait des plaintes de musulmans contre Chanel à cause de la robe décolletée de Claudia Schiffer sur laquelle ils avaient brodé un verset coranique copié du mausolée Taj Mahal, en

Inde. J'ai répondu que je trouvais ça provocant et vulgaire. Il ne s'attendait pas à ce que je réponde ça, il m'a dit : « Comment peux-tu penser ça ? C'est un mouvement qui est complètement intégriste. » J'ai dit : « Non, pas du tout. La plupart des clients de Chanel sont des Arabes », et s'ils cherchaient à ce que la maison s'écroule c'était un bon point pour eux de présenter cette robe. Écrire des versets coraniques, ça ne se fait pas, et *a fortiori* sur une robe décolletée, et si c'est pour faire de la calligraphie arabe les Arabes sont plus fort que les Occidentaux.

Donc le ton montait. Je voyais les yeux de l'ami avec qui j'étais croiser un autre regard à la table à côté, le regard d'un homme, seul à ma droite. Et tout d'un coup le type, se dirigeant vers mon ami, sur un ton sûr de lui, lui a dit : « Arrêtez. Vous voyez bien qu'il est jeune et que vous l'excitez alors qu'il est déjà excité. » Alors que moi je trouvais que j'étais assez calme. Et tout d'un coup je me suis rendu compte que le type comprenait mon point de vue que j'avais dit calmement comme si je l'avais dit sur un ton élevé et avec un vocabulaire d'intégriste. Il disait : « Si vraiment vous croyez que la robe est provocante, c'est que votre religion vous rend aveugle et complètement mort. Vous voulez finir barbu ? » J'étais mal, d'autant qu'il parlait d'une voix trop forte. Mon ami me faisait du genou pour que je me calme. L'autre continuait : « Moi, je m'en fous de ma religion, je ne vous emmerde pas avec, moi je m'en fous de ma religion catholique. » C'est là où je me suis énervé en répondant : « Si vous vous foutez de votre religion, tant pis pour vous, mais moi je ne me fous pas de la mienne et je ne trouve pas que ce soit une gloire de s'en foutre, et je ne vous emmerde pas non plus en vous disant que je suis fier de ma religion. » Il m'a dit : « Vous êtes un peu trop fier. » J'ai répondu que ce n'était pas à lui de définir le degré de ma fierté. Et alors je lui ai dit : « Bon, maintenant ça suffit, quittez ma table. Ou alors faites comme moi, trouvez quelqu'un avec qui parler », puisqu'il était tout seul. Le type a quitté la table, d'une table en face quelqu'un m'a fait un clin d'œil, l'air de me dire « Vous ne vous en êtes pas mal sorti. » Résultat le dîner était une catastrophe. À cause d'une robe Chanel. Ça a coûté qu'on soit fâché pour la soirée, avec mon ami, tout en trouvant tous deux que j'avais raison mais il disait que je m'étais mal comporté avec un type d'un certain âge. Je lui ai dit : « Ce n'est pas parce qu'il a trois fois mon âge qu'il faut que je le respecte alors que lui n'a pas respecté l'intimité de notre conversation, en s'y mêlant sans nous le demander. »

Je suis musulman parce que je suis musulman de père et de mère. Je crois en l'enfer et au paradis. J'ai des moments, quand je suis seul et je pense à ma religion, où je me dis que je ne suis pas pratiquant, je ne fais pas ma prière cinq fois par jour, j'ai vingt-quatre ans et il y a longtemps que je ne l'ai plus faite, quand j'accompagnais mon père à la mosquée ou après quand j'habitais chez ma tante. Mais ça ne me viendrait pas à l'esprit d'être catholique, de penser à une religion chrétienne, je me sens musulman. Je suis musulman. À un moment, j'ai lu des livres sur l'enfer et le paradis, et ce qui pouvait se passer en enfer me terrorisait, ça me rendait mal. Maintenant, je ne me pose même plus la question, car, si je me la posais vraiment, je ne pourrais plus vivre ma vie du tout, ma vie privée, ma sexualité me seraient complètement interdites. J'essaie d'être le plus croyant possible — c'est un peu absurde de dire ça, je suis croyant, à chaque moment je crois en Dieu.

Ma cousine m'a appris un truc qui m'empêchait de penser à autre chose, m'expliquait le Coran de façon plus approfondie. Le texte disait qu'il y a un seul Dieu, fort. J'essayais de donner une image à ce Dieu, de voir comment il était. Elle m'a dit : « Tu n'as pas le droit d'imaginer Dieu car on ne sait pas à quoi il ressemble. Penser à comment il est, dessiner une image de lui, c'est interdit dans le Coran. » Maintenant, quand je suis en France, souvent les gens disent d'un garçon : « Il est beau comme un Dieu. » Je n'y crois pas un instant. Je pense à ce que m'a appris ma cousine : une personne quelle qu'elle soit ne ressemblera jamais à Dieu. Dieu est plus beau, plus fort, pour moi. Le fait d'être musulman ne m'empêche pas d'être avec un chrétien, de coucher avec un juif, je ne cherche pas à imposer ma religion, de même que je n'aimerais pas que quelqu'un cherche à m'imposer la sienne. Je ne cherche pas à convaincre mais c'est ma religion. J'avais pensé que peut-être j'oublierais que je suis musulman si je vivais avec des non-musulmans mais, quand je suis seul, c'est évident, c'est ma religion à moi, je suis une personne musulmane. C'est pour ça que je sortirais de mon lit à une heure du matin pour aider la vieille dame d'à côté qui a mal parce que je ne peux pas dormir si elle souffre, ça vient de ma religion, les gens au Maroc sont beaucoup plus proches les uns des autres, des pauvres, des malheureux, qu'en France. Si quelqu'un a besoin de mon aide et que je peux aider, il faut que j'aide.

MON PÈRE, MON HÉROS

Mon plus ancien souvenir de mon père, c'est l'argent, quand il rentrait le soir de sa boulangerie-pâtisserie avec son cartable et qu'il étalait son argent sur notre grande table ronde. Après un certain temps qu'il passe avec la famille, avec nous, il se met sur la table où on mange, dans la grande pièce, et il étale ses pièces et ses billets pour les mettre en ordre, les compter. Tout le monde disparaît, il y avait un vrai truc, un vrai rapport bizarre de tous les membres de la famille avec l'argent. Il n'y avait que moi qui restais et il ne disait rien. Il disait à ma tante : « Laisse-le. » Je me mettais à genoux et mon menton arrivait à la hauteur de la table. Il me disait : « Tu peux rester là mais il ne faut pas y toucher. » Et après plusieurs fois j'ai compris qu'au début il mettait les petites pièces ensemble, les grosses ensemble, les billets aussi, et ensuite j'avais l'habitude. Au début, il disait : « Arrête, ne touche à rien. » Puis moi-même je mettais les pièces de dix centimes avec les autres pièces de dix centimes, les pièces d'un dirham avec les autres pièces d'un dirham, la même chose avec les billets, les cinq dirhams — à l'époque il y avait des billets de cinq dirhams —, je les mettais ensemble, et ceux de dix et de cent dirhams. Il voyait que je comprenais, il ne disait plus rien. Moi, ça me fascinait. Il y avait la voisine quelquefois qui entrait chez nous à l'improviste avec sa gosse pour récupérer je ne sais quoi qu'elle avait prêté à ma tante. Quelquefois, j'étais fier qu'elle entre pendant que j'étais en train de compter avec mon père. Mon père me faisait confiance alors que j'étais incapable de calculer, pour moi ça comptait. Grâce à ça, quand on jouait avec mes cousins sur la terrasse, j'avais un poids sur les décisions de jeu. J'étais fier aussi parce que mon père était plus riche que les autres, il y avait plus d'argent sur la table.

D'ailleurs, notre famille était connue pour être la plus riche de la ruelle, c'était chez nous qu'on faisait les meilleurs repas. Le vendredi, le jour de la prière, mon père faisait parfois entrer jusqu'à dix mendiants pour manger le plat de couscous dans la cour. Moi, ça me plaisait, quand quelquefois mon père n'était pas à la mosquée mais faisait la prière à la maison, il portait lui-même le grand plat aux mendiants et moi je voulais l'aider mais j'étais trop petit, ma tête arrivait à la hauteur du plat, pour moi c'était comme si je l'aidais quand même, je le tenais par l'étoffe de son pantalon et lui ne me voyait même pas et il avait peur que je le fasse tomber à rester entre ses jambes ou que je lui fasse renverser le plat. Le couscous, c'était toujours le plat du vendredi qu'on donnait aux pauvres, parce que c'était un plat noble et généreux car il y avait beaucoup de semoule, ça nourrissait plusieurs personnes. Et moi j'étais fier d'aider mon père.

Ma tante disait à mon père que ce n'était pas bien de me laisser à côté de lui pendant qu'il étalait et comptait l'argent. De peur que je vole, que ça me tente de lui piquer de l'argent parce que j'étais la seule personne présente à ce moment-là. Elle le disait devant moi et là j'étais fier. Mon frère, une fois, avait piqué de l'argent dans le coffre de mon père pour acheter un ballon de foot à l'équipe, il avait piqué beaucoup plus que ce que le ballon coûtait, un vrai ballon de foot en cuir. Après, mon père disait : « De toute façon, Rachid est jeune, il ne pique pas », ce n'est pas comme mon frère qui n'avait jamais assisté à la scène quand mon père faisait ses comptes et qui pourtant avait volé.

J'étais le seul de ses enfants à être aussi proche de notre père, j'étais le plus proche. Quand j'étais petit, j'avais compris qu'ils étaient grands et que je ne pouvais rien savoir de leur enfance, du lien qu'ils avaient eu avec mon père, mais je comprenais qu'ils n'avaient jamais eu ça, ce rapport physique. Ça m'étonnait quand on était toute la famille sans mon père et qu'on parlait de lui moralement, de sa façon d'agir, ça m'étonnait parce qu'on en parlait comme de quelqu'un de respectueux, doux, agréable à vivre, pour moi c'étaient des jugements qu'on pouvait porter sur des gens plus ou moins étrangers, pour moi dire : « J'ai du respect pour mon père » était quelque chose de bizarre. Parce que moi, dès qu'il rentrait du travail, j'étais toujours sur ses genoux, je me mettais derrière son dos, je lui peignais les cheveux, je jouais avec son fez. C'est un truc chez nous très important : quand je découvrais sa tête, ses cheveux très courts, en enlevant son fez, je croyais que ça le faisait rire, mais les autres étaient atterrés parce que j'étais comme un sale gosse qui pouvait recevoir une claque de mon frère ou de ma tante, de ma sœur même, parce que c'était vraiment quelque chose qu'on ne pouvait pas faire de découvrir comme ça la tête de mon père, personne n'osait faire ça.

Entre chez moi et la boulangerie-pâtisserie, ce n'était pas loin mais c'était un vrai chemin, il y avait plusieurs rues qui se croisaient, il fallait traverser une vraie rue goudronnée avec des voitures qui passaient. Très souvent, je sortais pour chercher mon père sans demander l'autorisation, donc il ne fallait pas que je le rate parce que alors j'aurais dû aussi rentrer tout seul et là j'avais peur d'être puni. Un truc qui m'amuse maintenant, c'est que j'avais appris avec ma sœur et mes cousines à jouer avec les pétales de rose, en enlevant un puis un autre et ainsi de suite en disant : « Il m'aime », « Il ne m'aime pas »... Moi, en imitant, avant de sortir, comme je craignais de le rater, je prenais une rose dans la cour et j'ôtais un à un les pétales en disant : « Je trouve mon père », « Je ne le trouve pas »... Il fallait absolument que je le trouve, même si je me faisais engueuler après ce n'était rien quand il y avait mon père à côté de moi. Et une fois je suis sorti et en arrivant à la route où les voitures passaient je me suis fait renverser par une coccinelle Volkswagen, pas très fort, et je me suis relevé et j'ai couru, j'ai entendu une femme qui avait tout vu qui criait d'une fenêtre et le chauffeur de la voiture aussi, mais je ne voulais pas rester et j'ai couru couru, je ne voulais pas m'arrêter. Je n'y faisais pas attention et le lendemain ou le surlendemain, ma grand-mère, ma Lala, quand elle m'a habillé ce jour-là, elle a découvert que j'avais des bleus. Je l'ai suppliée pour qu'elle ne le dise pas. Je n'ai pas été soigné parce que ce n'était rien, ça ne me faisait pas du tout mal.

C'était une crainte pour moi d'arriver chez mon père et de ne pas le trouver à la caisse ou à une table dans une petite cour devant la boulangerie ou il restait souvent en parlant avec des amis. S'il n'était ni à cet endroit ni à l'autre, j'étais sûr que le caissier allait me rendre fou avant de me dire où était mon père. Le caissier se moquait de moi en me disant : « Ton père est parti par là » en croisant les deux mains. Il sortait devant la boulangerie et il disait : « Par là », et mes yeux suivaient les deux côtés, comme un crétin. Ou alors le caissier mettait sa main dans sa poche en disant : « Je vais le chercher », et il fouillait parmi ses pièces et ressortait la main en disant : « Ah, il n'est plus là. »

J'ai été circoncis à l'âge de trois ans. C'est relativement tôt, normalement, au Maroc, c'est à quatre-cinq ans. Je n'ai aucun souvenir de la circoncision qui est une douleur pour les enfants. À l'époque, c'était le coiffeur qui la faisait. Mon père n'a pas voulu, il m'a raconté plus tard que, comme il avait laissé le coiffeur la faire pour mes frères, là c'était un médecin qui s'en était occupé pour moi. On met l'enfant sur un plat en terre, sur le dos, les jambes en l'air, écartées. Le gros plat en terre, c'est juste pour que le sang ne coule pas partout. Comme c'est une douleur, on dit toujours à l'enfant : « Regarde, il y a un oiseau », et hop, on coupe le zizi. Comme tous les pères, mon père avait peur pour moi et il avait acheté un vrai jouet qui sifflait le son d'un oiseau pour me distraire. Je n'en ai aucun souvenir mais je trouve ça superbe. Le seul souvenir c'est juste après — c'est assez fou de ne pas se rappeler le moment de la circoncision mais la journée de la circoncision, c'est-à-dire une ou deux heures après —, je suis dans le lit de mon père, car à cette occasion on met l'enfant dans le grand lit de ses parents avec des draps blancs, et je suis content car c'était la première fois de ma vie que je portais une djellaba, des babouches et un fez. C'était un vrai costume. J'ai le souvenir de cousines se tenant autour de moi, et la djellaba montait jusqu'au-dessus du ventre pour que je ne me fasse pas mal, et je voyais juste une poudre blanche avec du rouge autour de mon petit sexe. Donc, le seul souvenir, c'est qu'il y avait la famille, les proches, les oncles, les cousines, la circoncision est un moment où un enfant marocain a beaucoup d'argent, on lui donne de l'argent, des billets, j'avais autour de moi une liasse de billets que je donnais aux enfants qui étaient là — ceux qui avaient déjà été circoncis ou pas encore — pour aller m'acheter des bonbons ou des chewing-gums, je distribuais.

Le truc qui m'amuse le plus, c'est qu'un jour, plus tard, quand je devais avoir dix ans, je vivais chez ma tante, une des cousines chez qui j'habitais (la deuxième), pour une fête, me donne cinq cents dirhams. J'avais dix ans. Elle me dit : « Tu sais pourquoi, ça ? Parce que, le jour de ta circoncision, je t'ai piqué cent dirhams. » Elle m'avait piqué cent dirhams quand j'étais allongé, et voilà qu'elle me les rendait, j'ai trouvé ça superbe. Mariée, avec des enfants, elle me dit : « Je t'ai piqué. Tiens. »

J'aurais aimé me souvenir quand j'entendais le son de l'oiseau artificiel, l'oiseau-jouet — l'idée de mon père. J'aurais aimé que ce soit à la campagne, que ma circoncision ait eu lieu chez mes grands-parents parce que je serais monté sur un cheval, c'est comme ça que les choses se font à la campagne, un très beau cheval décoré tout en brillant, doré, faisant le tour du village, j'aurais aimé ça. Mais maintenant je comprends ce qu'on disait dans la famille, quand on parlait de mon père avec respect. Maintenant, je ne me le dis qu'à moi-même mais je comprends qu'on ait un respect infini pour mon père. Et j'ai un amour infini aussi. Je ne sais pas ce qui se passera si un jour il est mort avant moi, je ne me rends pas compte comment je serai ce jour-là. Ou je l'imagine, mais je ne préfère pas imaginer, si jamais je meurs avant lui. Je préfère lui épargner ça, je préférerais qu'il meure avant moi que moi avant lui parce qu'il ne supporterait pas. C'est horrible quand la mort ne se fait pas dans l'ordre de l'âge. Mais je suis content qu'il aille mieux, depuis quelque temps, il était très malade, on a cru pendant longtemps qu'il avait un cancer. C'était un médecin qui s'était trompé. Maintenant, c'est une joie à la maison. Mon frère voulait porter plainte contre le médecin. Il a été empêché par mon père.

Je ne connais personne au monde que j'ai croisé dans ma vie et qui ne s'est jamais opposé à ce que je fais. Mon père est la seule personne qui ne s'est jamais opposé à quoi que ce soit jamais, je n'ai aucun souvenir, il a toujours tout bien accueilli, tout ce que je faisais était bien. Quand je lui annonçais quelque chose qui me faisait plaisir, qui me rendait heureux, il accueillait avec un grand sourire. Mais, quand j'étais mal, il était prêt à pleurer, capable de pleurer plus que moi quand j'étais juste malheureux, quelquefois je sentais qu'il était prêt à fondre en larmes, quand je n'étais pas content, quand je me plaignais. Je ne sais pas, je suis son fils et il m'aime beaucoup. On a subi un peu le même destin. Quand il était bébé, sa mère est morte aussi, comme moi. Je ne connais pas ma grand-mère que lui n'a jamais connue non plus, sa mère. Il n'en parle jamais mais il n'a pas vécu ce que moi j'ai vécu, il a eu une enfance assez dure ct une adolescence où il a travaillé très tôt. Il a fait des études, une grande école coranique, ensuite il a juste étudié l'arabe. Il aurait aimé être dans une école française, quand il était jeune. Mais à la fois il aime beaucoup son travail, il aime ce qu'il a fait. Il aime sa boulangerie.

Combien j'étais content quand *L'Infini* est paru, à l'hiver 1994, avec mon premier texte qui s'appelait « Rachid* » — c'était une chose

* Ce texte est publié ici sous le titre « Amours ».

que je n'avais jamais espérée. Et, ensuite, avoir une note de critique dans *Libération*, j'étais fier. Je suis allé rendre visite à mes parents, comme chaque fois que je suis à Rabat, à mon père, ma famille. Mais, cette fois-ci, j'avais l'impression d'avoir quelque chose en plus avec moi. Mon voyage à Rabat avait pour but de donner le texte « Rachid » à mon professeur, d'abord, et c'était d'une certaine manière un cadeau que je lui faisais même si le cadeau était réciproque, lui aussi me le faisait, comme d'autres, Antoine, Julien, c'était pareil, je leur offrais et ils me l'offraient.

Mais mon père aussi y est pour beaucoup : c'est la seule personne complice et proche de ces histoires, du moins celles d'Antoine et de mon professeur. J'ai donné aussi la revue à ma sœur, la seule avec qui je parle de ma vie privée, qui connaît bien mon histoire. Mais je n'avais pas réalisé qu'en étant devant mon père ça deviendrait une frustration de ne pas lui dire, alors que je n'avais jamais songé à lui en parler. Je voulais choisir l'endroit pour le lui dire, pour moi c'était sa boulangerie, son lieu de travail, lui glisser la nouvelle quand il était occupé. Je pensais que le lieu écarterait les détails et le franc-parler. Je préférais qu'il soit occupé soit avec les gens qui venaient à la caisse, soit avec des amis avec qui il parlait ou prenait le thé — si j'avais été en tête à tête avec lui, la discussion aurait été plus large et plus détaillée sur la nouvelle, le texte. Il avait toujours le même sourire avec lequel il m'accueille. Je me suis dirigé vers lui, près de lui, c'est-à-dire que j'étais derrière le comptoir, sur une chaise derrière lui. Je savais ce qu'il allait me demander, comment j'allais, et mes études, mes amis. « Qu'as-tu fait de si sensationnel ? », m'a-t-il dit. J'étais content de la question. J'ai dit : « Voilà. J'ai fait ce texte et ensuite il a été publié. » Il a dit : « Un texte ? C'est-à-dire : tu as écrit ? » Pour lui, le domaine de l'écriture n'est pas son domaine. J'ai dit : « Oui, et en plus j'ai eu une critique dans un journal. » J'ai dit : « Mais tout cela, c'est en français et en France, pas au Maroc. » Il avait un sourire beaucoup plus large, beaucoup plus grand, et ça m'a rassuré. Je me suis dit que le degré de joie de mon père augmentait, le fait qu'en plus ce soit en français et pas en arabe, que son fils faisait quelque chose en plus de ce qu'il le pensait capable de faire. Je lui ai dit : « Oui, c'est en français. » Il m'a dit : « Pourquoi pas en arabe ? » J'étais gêné, j'étais à la fois gêné et je ne savais pas quoi dire, j'ai dit que c'était personnel mais que, en France, ça s'était fait par un ami que j'avais et qui était dans le milieu de la littérature française. Il y a eu une femme qui est arrivée, qui parlait avec lui, il m'a dit : « On en parlera après. » Là-dessus, je suis reparti.

Il était convenu que je repasse le lendemain à la boulangerie, le seul endroit où, je crois, il n'y a aucune personne autre de la famille. J'ai toujours senti que pour lui il y avait une intimité assez forte dans ce lieu, son regard, son amour y sont en toute liberté. Je suis retourné le lendemain, le cœur battant, toujours soulagé par son sourire, son accueil. Pour moi, c'était un lieu où je n'avais rien à faire, et rien que pour son sourire, son accueil, j'étais prêt à y passer l'après-midi. Je me disais, qu'est-ce que j'ai à y faire ? il joue aux échecs, il discute avec des amis. Mais chaque fois que j'apparais, j'ai l'impression qu'il me voit pour la première fois après un long temps d'absence. Sa question a été directe : « Qu'y avait-il de si personnel dans ce texte ? » Je lui ai dit : « Je ne sais pas. Je pense que je ne me rends pas compte de la réaction au Maroc et qu'à la limite ça peut choquer. » Je voulais changer de sujet, de façon sournoise et un peu égoïste, en lui disant qu'il était derrière pratiquement toutes les lignes du texte, lui, mon père. Il a souri. Et il n'a plus rien dit, c'était fini, il a juste eu son geste habituel de me caresser l'oreille et le cou.

DU MÊME AUTEUR

Aux Éditions Gallimard

Dans la collection L'Infini

L'ENFANT ÉBLOUI

PLUSIEURS VIES (Folio nº 3070)

CHOCOLAT CHAUD

COLLECTION FOLIO

Dernières parutions

3006.	Daniel Prévost	*Le pont de la Révolte.*
3007.	Pascal Quignard	*Rhétorique spéculative.*
3008.	Pascal Quignard	*La haine de la musique.*
3009.	Laurent de Wilde	*Monk.*
3010.	Paul Clément	*Exit.*
3011.	Léon Tolstoï	*La Mort d'Ivan Ilitch.*
3012.	Pierre Bergounioux	*La mort de Brune.*
3013.	Jean-Denis Bredin	*Encore un peu de temps.*
3014.	Régis Debray	*Contre Venise.*
3015.	Romain Gary	*Charge d'âme.*
3016.	Sylvie Germain	*Éclats de sel.*
3017.	Jean Lacouture	*Une adolescence du siècle : Jacques Rivière et la* N.R.F.
3018.	Richard Millet	*La gloire des Pythre.*
3019.	Raymond Queneau	*Les derniers jours.*
3020.	Mario Vargas Llosa	*Lituma dans les Andes.*
3021.	Pierre Gascar	*Les femmes.*
3022.	Penelope Lively	*La sœur de Cléopâtre.*
3023.	Alexandre Dumas	*Le Vicomte de Bragelonne I.*
3024.	Alexandre Dumas	*Le Vicomte de Bragelonne II.*
3025.	Alexandre Dumas	*Le Vicomte de Bragelonne III.*
3026.	Claude Lanzmann	*Shoah.*
3027.	Julian Barnes	*Lettres de Londres.*
3028.	Thomas Bernhard	*Des arbres à abattre.*
3029.	Hervé Jaouen	*L'allumeuse d'étoiles.*
3030.	Jean d'Ormesson	*Presque rien sur presque tout.*
3031.	Pierre Pelot	*Sous le vent du monde.*
3032.	Hugo Pratt	*Corto Maltese.*
3033.	Jacques Prévert	*Le crime de Monsieur Lange. Les portes de la nuit.*
3034.	René Reouven	*Souvenez-vous de Monte-Cristo.*
3035.	Mary Shelley	*Le dernier homme.*
3036.	Anne Wiazemsky	*Hymnes à l'amour.*
3037.	Rabelais	*Quart livre.*

3038.	François Bon	*L'enterrement.*
3039.	Albert Cohen	*Belle du Seigneur.*
3040.	James Crumley	*Le canard siffleur mexicain.*
3041.	Philippe Delerm	*Sundborn ou les jours de lumière.*
3042.	Shûzaku Endô	*La fille que j'ai abandonnée.*
3043.	Albert French	*Billy.*
3044.	Virgil Gheorghiu	*Les Immortels d'Agapia.*
3045.	Jean Giono	*Manosque-des-Plateaux* suivi de *Poème de l'olive.*
3046.	Philippe Labro	*La traversée.*
3047.	Bernard Pingaud	*Adieu Kafka ou l'imitation.*
3048.	Walter Scott	*Le Cœur du Mid-Lothian.*
3049.	Boileau-Narcejac	*Champ clos.*
3050.	Serge Brussolo	*La maison de l'aigle.*
3052.	Jean-François Deniau	*L'Atlantique est mon désert.*
3053.	Mavis Gallant	*Ciel vert, ciel d'eau.*
3054.	Mavis Gallant	*Poisson d'avril.*
3056.	Peter Handke	*Bienvenue au conseil d'administration.*
3057.	Anonyme	*Josefine Mutzenbacher. Histoire d'une fille de Vienne racontée par elle-même.*
3059.	Jacques Sternberg	*188 contes à régler.*
3060.	Gérard de Nerval	*Voyage en Orient.*
3061.	René de Ceccatty	*Aimer.*
3062.	Joseph Kessel	*Le tour du malheur I : La fontaine Médicis. L'affaire Bernan.*
3063.	Joseph Kessel	*Le tour du malheur II : Les lauriers-roses. L'homme de plâtre.*
3064.	Pierre Assouline	*Hergé.*
3065.	Marie Darrieussecq	*Truismes.*
3066.	Henri Godard	*Céline scandale.*
3067.	Chester Himes	*Mamie Mason.*
3068.	Jack-Alain Léger	*L'autre Falstaff.*
3070.	Rachid O.	*Plusieurs vies.*
3071.	Ludmila Oulitskaïa	*Sonietchka.*
3072.	Philip Roth	*Le Théâtre de Sabbath.*
3073.	John Steinbeck	*La Coupe d'Or.*

3074.	Michel Tournier	*Éléazar ou La Source et le Buisson.*
3075.	Marguerite Yourcenar	*Un homme obscur — Une belle matinée.*
3076.	Loti	*Mon frère Yves.*
3078.	Jerome Charyn	*La belle ténébreuse de Biélorussie.*
3079.	Harry Crews	*Body.*
3080.	Michel Déon	*Pages grecques.*
3081.	René Depestre	*Le mât de cocagne.*
3082.	Anita Desai	*Où irons-nous cet été ?*
3083.	Jean-Paul Kauffmann	*La chambre noire de Longwood.*
3084.	Arto Paasilinna	*Prisonniers du paradis.*
3086.	Alain Veinstein	*L'accordeur.*
3087.	Jean Maillart	*Le Roman du comte d'Anjou.*
3088.	Jorge Amado	*Navigation de cabotage. Notes pour des mémoires que je n'écrirai jamais.*
3089.	Alphonse Boudard	*Madame... de Saint-Sulpice.*
3091.	William Faulkner	*Idylle au désert* et autres nouvelles.
3092.	Gilles Leroy	*Les maîtres du monde.*
3093.	Yukio Mishima	*Pèlerinage aux Trois Montagnes.*
3095.	Reiser	*La vie au grand air 3.*
3096.	Reiser	*Les oreilles rouges.*
3097.	Boris Schreiber	*Un silence d'environ une demi-heure I.*
3098.	Boris Schreiber	*Un silence d'environ une demi-heure II.*
3099.	Aragon	*La Semaine Sainte.*
3100.	Michel Mohrt	*La guerre civile.*
3101.	Anonyme	*Don Juan (scénario de Jacques Weber).*
3102.	Maupassant	*Clair de lune* et autres nouvelles.
3103.	Ferdinando Camon	*Jamais vu soleil ni lune.*
3104.	Laurence Cossé	*Le coin du voile.*
3105.	Michel del Castillo	*Le sortilège espagnol.*
3106.	Michel Déon	*La cour des grands.*
3107.	Régine Detambel	*La verrière*
3108.	Christian Bobin	*La plus que vive.*

3109.	René Frégni	*Tendresse des loups.*
3110.	N. Scott Momaday	*L'enfant des temps oubliés.*
3111.	Henry de Montherlant	*Les garçons.*
3113.	Jerome Charyn	*Il était une fois un droshky.*
3114.	Patrick Drevet	*La micheline.*
3115.	Philippe Forest	*L'enfant éternel.*
3116.	Michel del Castillo	*La tunique d'infamie.*
3117.	Witold Gombrowicz	*Ferdydurke.*
3118.	Witold Gombrowicz	*Bakakaï.*
3119.	Lao She	*Quatre générations sous un même toit.*
3120.	Théodore Monod	*Le chercheur d'absolu.*
3121.	Daniel Pennac	*Monsieur Malaussène au théâtre.*
3122.	J.-B. Pontalis	*Un homme disparaît.*
3123.	Sempé	*Simple question d'équilibre.*
3124.	Isaac Bashevis Singer	*Le Spinoza de la rue du Marché.*
3125.	Chantal Thomas	*Casanova. Un voyage libertin.*
3126.	Gustave Flaubert	*Correspondance.*
3127.	Sainte-Beuve	*Portraits de femmes.*
3128.	Dostoïevski	*L'Adolescent.*
3129.	Martin Amis	*L'information.*
3130.	Ingmar Bergman	*Fanny et Alexandre.*
3131.	Pietro Citati	*La colombe poignardée.*
3132.	Joseph Conrad	*La flèche d'or.*
3133.	Philippe Sollers	*Vision à New York*
3134.	Daniel Pennac	*Des chrétiens et des Maures.*
3135.	Philippe Djian	*Criminels.*
3136.	Benoît Duteurtre	*Gaieté parisienne.*
3137.	Jean-Christophe Rufin	*L'Abyssin.*
3138.	Peter Handke	*Essai sur la fatigue. Essai sur le juke-box. Essai sur la journée réussie.*
3139.	Naguib Mahfouz	*Vienne la nuit.*
3140.	Milan Kundera	*Jacques et son maître, hommage à Denis Diderot en trois actes.*
3141.	Henry James	*Les ailes de la colombe.*
3142.	Dumas	*Le Comte de Monte-Cristo I.*
3143.	Dumas	*Le Comte de Monte-Cristo II.*

3144		*Les Quatre Évangiles.*
3145	Gogol	*Nouvelles de Pétersbourg.*
3146	Roberto Benigni et Vicenzo Cerami	*La vie est belle.*
3147	Joseph Conrad	*Le Frère-de-la-Côte.*
3148	Louis de Bernières	*La mandoline du capitaine Corelli.*
3149	Guy Debord	*"Cette mauvaise réputation..."*
3150	Isadora Duncan	*Ma vie.*
3151	Hervé Jaouen	*L'adieu aux îles.*
3152	Paul Morand	*Flèche d'Orient.*
3153	Jean Rolin	*L'organisation.*
3154	Annie Ernaux	*La honte.*
3155	Annie Ernaux	*«Je ne suis pas sortie de ma nuit».*
3156	Jean d'Ormesson	*Casimir mène la grande vie.*
3157	Antoine de Saint-Exupéry	*Carnets.*
3158	Bernhard Schlink	*Le liseur.*
3159	Serge Brussolo	*Les ombres du jardin.*
3161	Philippe Meyer	*Le progrès fait rage. Chroniques 1.*
3162	Philippe Meyer	*Le futur ne manque pas d'avenir. Chroniques 2.*
3163	Philippe Meyer	*Du futur faisons table rase. Chroniques 3.*
3164	Ana Novac	*Les beaux jours de ma jeunesse.*
3165	Philippe Soupault	*Profils perdus.*
3166	Philippe Delerm	*Autumn*
3167	Hugo Pratt	*Cour des mystères*
3168	Philippe Sollers	*Studio*
3169	Simone de Beauvoir	*Lettres à Nelson Algren. Un amour transatlantique. 1947-1964*
3170	Elisabeth Burgos	*Moi, Rigoberta Menchú*
3171	Collectif	*Une enfance algérienne*
3172	Peter Handke	*Mon année dans la baie de* Personne
3173	Marie Nimier	*Celui qui court derrière l'oiseau*
3175	Jacques Tournier	*La maison déserte*
3176	Roland Dubillard	*Les nouveaux diablogues*

3177 Roland Dubillard — *Les diablogues et autres inventions à deux voix*
3178 Luc Lang — *Voyage sur la ligne d'horizon*
3179 Tonino Benacquista — *Saga*
3180 Philippe Delerm — *La première gorgée de bière et autres plaisirs minuscules*
3181 Patrick Modiano — *Dora Bruder*
3182 Ray Bradbury — *... mais à part ça tout va très bien*
3184 Patrick Chamoiseau — *L'esclave vieil homme et le molosse*
3185 Carlos Fuentes — *Diane ou La chasseresse solitaire*
3186 Régis Jauffret — *Histoire d'amour*
3187 Pierre Mac Orlan — *Le carrefour des Trois Couteaux*
3188 Maurice Rheims — *Une mémoire vagabonde*
3189 Danièle Sallenave — *Viol*
3190 Charles Dickens — *Les Grandes Espérances*
3191 Alain Finkielkraut — *Le mécontemporain*
3192 J.M.G. Le Clézio — *Poisson d'or*
3193 Bernard Simonay — *La première pyramide, I : La jeunesse de Djoser*
3194 Bernard Simonay — *La première pyramide, II : La cité sacrée d'Imhotep*
3195 Pierre Autin-Grenier — *Toute une vie bien ratée*
3196 Jean-Michel Barrault — *Magellan : la terre est ronde*
3197 Romain Gary — *Tulipe*
3198 Michèle Gazier — *Sorcières ordinaires*
3199 Richard Millet — *L'amour des trois sœurs Piale*
3200 Antoine de Saint-Exupéry — *Le petit prince*
3201 Jules Verne — *En Magellanie*
3202 Jules Verne — *Le secret de Wilhelm Storitz*
3203 Jules Verne — *Le volcan d'or*
3204 Anonyme — *Le charroi de Nîmes*
3205 Didier Daeninckx — *Hors limites*
3206 Alexandre Jardin — *Le Zubial*
3207 Pascal Jardin — *Le Nain Jaune*
3208 Patrick McGrath — *L'asile*
3209 Blaise Cendrars — *Trop c'est trop*
3210 Jean-Baptiste Evette — *Jordan Fantosme*
3211 Joyce Carol Oates — *Au commencement était la vie*

3212 Joyce Carol Oates *Un amour noir*
3213 Jean-Yves Tadié *Marcel Proust I*
3214 Jean-Yves Tadié *Marcel Proust II*
3215 Réjean Ducharme *L'océantume*
3216 Thomas Bernhard *Extinction*
3217 Balzac *Eugénie Grandet*
3218 Zola *Au Bonheur des Dames*
3219 Charles Baudelaire *Les Fleurs du Mal*
3220 Corneille *Le Cid*
3221 Anonyme *Le Roman de Renart*
3222 Anonyme *Fabliaux*
3223 Hugo *Les Misérables I*
3224 Hugo *Les Misérables II*
3225 Anonyme *Tristan et Iseut*
3226 Balzac *Le Père Goriot*
3227 Maupassant *Bel-Ami*
3228 Molière *Le Tartuffe*
3229 Molière *Dom Juan*
3230 Molière *Les Femmes savantes*
3231 Molière *Les Fourberies de Scapin*
3232 Molière *Le Médecin malgré lui*
3233 Molière *Le Bourgeois gentilhomme*
3234 Molière *L'Avare*
3235 Homère *Odyssée*
3236 Racine *Andromaque*
3237 La Fontaine *Fables choisies*
3238 Perrault *Contes*
3239 Daudet *Lettres de mon moulin*
3240 Mérimée *La Vénus d'Ille*
3241 Maupassant *Contes de la Bécasse*
3242 Maupassant *Le Horla*
3243 Voltaire *Candide ou l'Optimisme*
3244 Voltaire *Zadig ou la Destinée*
3245 Flaubert *Trois Contes*
3246 Rostand *Cyrano de Bergerac*
3247 Maupassant *La Main gauche*
3248 Rimbaud *Poésies*
3249 Beaumarchais *Le Mariage de Figaro*
3250 Maupassant *Pierre et Jean*
3251 Maupassant *Une vie*
3252 Flaubert *Bouvart et Pécuchet*

Composition Nord Compo.
Impression Société Nouvelle Firmin-Didot
à Mesnil-sur-l'Estrée, le 1er octobre 1999.
Dépôt légal : octobre 1999.
Numéro d'imprimeur : 48261.

ISBN 2-07-041098-6/Imprimé en France.

92330

160